Alexander Osang

Lunkebergs Fest

Erzählungen

S. Fischer

Satz: H & G Herstellung, Hamburg
Druck und Bindung: Clausen & Bosse, Leck
Printed in Germany
ISBN 3-10-057612-8

Für meine Eltern

»I love you and you love me
and that's the way it's got to be
I loved you from the start
cause Christmas ain't the time
for breaking each others heart«

The Ramones

Das Totenschiff

Eckert schwankte durch den Gang, als sei er betrunken. Sein Magen pumpte, ab und zu stieß er gegen eine Lehne. Die Leute sahen ihn aus ihren Sitzen so interessiert an wie Rentner, die jemanden beim Einparken beobachten. Vielleicht passierte ja mal was, vielleicht kotzte er auf den Flur. Er lächelte ihnen zu. Peter musterte ihn sicher im Rückspiegel, womöglich schaltete er gleich das Mikrophon frei und verwarnte ihn. Es gab kein Zurück mehr. Eckert spürte den kalten Schweiß auf seiner Stirn. Er erreichte die Toilette, schlüpfte hinein und schloss die Welt aus.

Eckert versuchte regelmäßig zu atmen. Er wollte auf die Hosen achten, sie waren hell, und er musste den Gang zurück. Er stützte sich auf das kleine Metallbecken und sah sich im Spiegel an.

Er bekam einen Schreck, weil er sich zwar müde fühlte, aber nicht so alt. Er hatte graublonde, störrische Haare. Er hatte früher so schöne Haare gehabt, er hatte sie bis zu dieser Reise für blond gehalten. Seine Haut schien nun ebenfalls graublond zu sein. Er sah aus, als hätte er eine harte Arbeitswoche hinter sich, doch er kam aus dem Urlaub. Es hatte die ganze Zeit geregnet, ihr Hotel hatte direkt an der Straße gelegen. Er hatte viel getrunken, um schlafen zu können, und war mitten in jeder Nacht aus einer flachen, verschwitzten Bewusstlosigkeit erwacht. Draußen hatten Motorräder gebrüllt und Mädchen gelacht, die Leuchtreklame einer Bar blinkte gegen seine Badezimmertür. Er hatte an seine Frau gedacht, bis es hell wurde.

Der Bus rollte über das einzige Stück Autobahn, das es in Rumänien gab. Sie befanden sich zwanzig Minuten nördlich von Bukarest, es waren noch 36 Stunden bis Berlin. Sie würden am Donnerstagabend ankommen, am Gründonnerstag. Er hatte drei Tage, um sich von seinem Urlaub zu erholen.

Eckert löste seinen Blick vom Bordtoilettenspiegel. Niemand im Bus würde ihn später beschreiben können, so farblos war er.

Die 24? Saß da überhaupt jemand?

Er würde Ostern allein sein, so wie er es sich oft gewünscht hatte. Maria war weg.

Eckert kniete sich vor das kleine Klo, in die Pisse der Männer, die in den Kurven das Gleichgewicht verloren hatten. Er fragte sich, warum dieser Peter so schnell fuhr, er sah nicht aus, als würde zu Hause jemand auf ihn warten. Wahrscheinlich vergaß er in den Kurven, dass er es war, der das Klo am Ende aufwischen musste. Vielleicht glaubte er, die Frauen an Bord würden ihn für seinen Fahrstil lieben, doch die Frauen klammerten sich nur noch enger an ihre Männer. Es war ein Missverständnis. Er würde sie irrtümlich in den Tod fahren.

Eckert wartete auf seinen Magen. Jedes Mal wenn er

hier hockte, fragte er sich, wieso er den Bus genommen hatte. Er vertrug keine Busfahrten. Er hatte schon als Kind regelmäßig die Linie 7, die zu seiner Tante nach Schildow führte, vollgekotzt, und auch als Erwachsener musste er den 157er-Bus oft vor der Prenzlauer Allee verlassen, weil ihm schlecht wurde. Er war einfach kopflos gewesen. Er musste schnell weg. Die Reise hatte nur 349 Mark gekostet. Eine Woche Griechenland für 349 Mark klang gut. Das klang natürlich viel zu gut. Er hätte auch nach Venedig fliegen können, aber Jürgen Eckert beendete seine zehnjährige Ehe mit einer Busreise in ein Zwei-Sterne-Hotel, das an einer befahrenen Straße lag. Venedig sparte er sich für einen richtigen Tiefpunkt auf. Seine Frau hätte es nicht überrascht, seit zehn Jahren wartete er auf richtige Zeitpunkte. Für Kinder. Reisen. Umzüge.

Peter schlitterte in die nächste Kurve, der Klodeckel klappte Eckert auf den Hinterkopf, er hätte ausweichen können, wollte aber nicht mehr. Er war zu müde, und es war nur ein leichter Plastedeckel. Jürgen Eckert starrte die runde Metallplatte auf dem Boden des Klos an wie eine gläserne Kugel. Alles was dort stand war: Du bist jetzt da, Jürgen.

Er war 43 Jahre alt, sein Kopf steckte in einer Reisebustoilette, seine Frau war in einen hessischen Narkosearzt des St. Hedwig Krankenhauses verliebt. Endlich hatte sie den Katholiken gefunden, der ihr die große kirchliche Hochzeit bieten konnte, von der sie immer geträumt hatten. Sie und ihre Mutter. Eckert, der Heide aus Berlin-Weißensee, konnte ihnen das nicht bieten.

Sie hatte glücklich ausgesehen, als sie es ihm gestand. Sie wollte betroffen wirken, aber das Lächeln brach immer wieder durch, wenn sie den neuen Namen sagte. Martin. Sie hatte von *dem* Martin gesprochen, so als säße sein Nachfolger bereits im Wohnzimmer. *Der* Martin. Ein St. Martin. Sie würden sicher bald Kinder haben, für die sich Eckert immer zu jung gefühlt hatte. Kinder, die sie taufen könnten. Einen Georg und eine Johanna vielleicht. Martin, Maria, Johanna und Georg. Sie würden eine heilige Familie gründen, in der kein Platz für einen Jürgen war.
Eckert hatte den Boden unter den Füßen verloren, aber er wollte nicht zeigen, wie er sich fühlte. Er wollte sie verletzen, bestrafen.
»Ich fahr ein paar Tage ans Meer«, hatte er gesagt. Das konnte alles heißen. Ich muss nachdenken. Ich geh ins Wasser. Ich bin endlich frei.
Sie hatte ihn angesehen, als wünsche sie ihm Glück. Dieser Blick war das Schlimmste, ein Blick ohne jeden Schmerz, ein aufmunternder Blick. Sie schien erleichtert.
Schön, Jürgen.
Er würde keine Kinder mehr haben. Er hatte sich immer zu jung gefühlt, plötzlich war er zu alt.
Es klopfte. Wahrscheinlich traute sich die dicke Blonde von Platz 28 wieder aufs Klo. Sie hatte es vor anderthalb Stunden schon mal probiert, ein paar Minuten nach der Pause, die sie im Morgengrauen in Ruse gemacht hatten. Aber Peter hatte sie über die Bordfunkanlage gewarnt.
»Ich hatte gesagt, die Bordtoilette ist nur für Notfälle

bestimmt. Und wir hatten doch eben Gelegenheit, uns zu erleichtern. Das gilt auch für die 28!«
Peter sprach die Leute mit ihren Sitzplatznummern an, genau wie es Helga, ihre Reiseleiterin, machte. Die Blonde war wie ein Schaf zu ihrem Sitz zurückgegangen. Ihr Sohn hatte sie angesehen, als zöge sie ihn durch ihre Dummheit in eine unangenehme Sache hinein. Jetzt hatten sie die Donau überquert, und man konnte wohl wieder einen Notfall vortäuschen. Eckerts Magen rührte sich nicht mehr, wahrscheinlich war er tot. Eckert stand auf und sah nochmal in den Spiegel. Er schlug sich ins Gesicht, zwei rote Flecken erschienen und verschwanden schnell. Seine Haare schienen noch grauer geworden zu sein, seit er hier hockte, wahrscheinlich würde er in Berlin aussehen wie Richard von Weizsäcker. Er drückte den Knopf des Hahns mit der einen Hand und schöpfte mit der anderen ein bisschen Wasser, das er in seinem Gesicht verrieb.
Es klopfte wieder, dann rutschte Peter in die nächste Kurve. Eckert versuchte sich am Spiegel festzuhalten, doch es war ein scharfer Schlenker, seine Hände waren nass, und der Spiegel war die Tür zu einem Schrank. Eckert riss sie im Fallen auf, seine Hand rutschte an einer Kante entlang, die ihm die linke Hand zwischen Daumen und Zeigefinger aufschlitzte. Er fiel neben das Klo, die Hand blutete auf die helle Sommerhose, die er mitgenommen hatte, weil er auf Sommerhosenwetter gehofft hatte.
Eckert stemmte sich aus der Ecke, der Spiegelschrank schloss nicht mehr, er hatte die Verriegelung aufgebrochen. Seine Hand blutete, es klopfte wieder. Eckert zog

ein paar von den Papiertüchern, die sich im Spiegelschrank stapelten, heraus, um das Blut zu stillen. Die Tücher klebten zusammen, er riss einen großen Packen heraus, um den er seine Faust schloss. Dann sah er die Waffe. Sie schaute ihn mit der Mündung aus dem verrutschten Papierstapel an. Vielleicht stand ja jemand im Wandschrank, ein winziger Revolverheld, ein Speedy Gonzales, der ihn gleich erschoss.
Eckert schloss die Augen, er war bereit. Draußen hämmerte es wieder.
»Ja«, rief Eckert.
Er nahm die Waffe aus dem Schrank, sie war schwer, er hatte noch nie eine richtige Pistole in der Hand gehalten. Er fühlte sich wie ein Kind. Sie sah gut aus, silbrig und eckig. Vielleicht wollte Peter damit Rumänenbanden in die Flucht schlagen, oder jemand wollte sie über die Grenze schmuggeln. Eckert zielte auf sein Spiegelbild, dann legte er sie wieder zurück, allerdings waren jetzt seine Fingerabdrücke auf der Waffe und auch Blutspuren.
Es trommelte an der Tür.
»Jahah«, rief er.
Wahrscheinlich hätte er die Aufmerksamkeit des ganzen Busses, wenn er rauskam. Er rieb mit einem Papiertaschentuch auf der Waffe herum, wusste aber nicht, ob das reichte. Fanden sie nicht immer noch feinste Blutspuren in Badewannen von Massenmördern, die diese gründlich geputzt hatten? Eckert spülte die Waffe unterm Wasserhahn ab und versuchte sie mit weiteren Papiertüchern abzutrocknen, wobei sie ihm runterfiel. Es trommelte. Er machte die Tür auf.

Helga sah ihn an. Die Reiseleiterin.
»Ach, die 24«, sagte sie.
»Ich bin keine Nummer«, sagte Eckert.
»Was?«, fragte Helga, sie hatte die Hände in die Hüften gestützt.
»Ich bin keine Nummer. Meine Name ist Eckert. Eckert, verstehen Sie. Eckert. Eckert.«
»Issjajut«, sagte sie.
Sie starrte auf seine Hand, die die Waffe hielt und auf seine blutigen Hosen. Helga war blass. Eckert begriff, dass auch sie müde war. Sie hatte blond gefärbte Haare, die bereits einen guten Zentimeter ausgewachsen waren. Ihre Augen waren sehr dunkel geschminkt. Sie sah aus wie ein gerupftes Huhn. Er hielt ihr die Waffe hin, er wollte, dass sie ihm das Ding abnahm, aber sie rückte immer weiter von ihm weg. Sie stolperte und fiel in den Doppelsitz hinter ihr. 22, 23 waren unbesetzt. Eckert fuchtelte mit der Waffe. Eine Frau schrie, ein Mädchen weinte. Er sah die Waffe an. Er hatte das Kommando übernommen. Das Oberdeck wusste es noch nicht. Auch Peter nicht.
»Wat iss'n dahinten los?«
»Halten Sie Ihren Mund und versuchen Sie ein bisschen vernünftiger zu fahren«, rief Eckert. Er hatte seit Jahren nicht mehr geschrien. Es tat gut. Über das Gesicht der dicken Blondine huschte ein Lächeln. Ihr Sohn starrte ihn an wie einen Schauspieler. Die anderen zogen ihre Köpfe in die Reisebussitze. Helga rappelte sich aus dem Doppelsitz.
»Machen Sie doch keinen Mist, Herr..., wie war Ihr Name?«

»Eckert.«
»Was wollen Sie denn, Herr Eckert?«
Eckert sah sie an. Es war das erste Mal seit Jahren, dass ihn das jemand fragte. Er kam sich vor wie ein Wettkandidat. Richtig, er war der Mann mit der Waffe. Der Mann mit der Waffe war derjenige, der die Forderungen stellte. Er wollte seine Frau zurück. Er wollte Kinder, noch mal von vorne anfangen.
»Ich weiß noch nicht«, sagte er.
»Soll ick dit Fahrzeug anhalten?«, rief Peter.
Helga rollte die Augen, offenbar ging ihr der Fahrer auch schon lange auf die Nerven.
Im Oberdeck wurde es unruhig. Eckert hoffte, dass dort nicht irgendeiner dieser Polizeibeamten, die in Filmen immer zufällig mit im Flugzeug saßen, seine Waffe entsicherte.
»Nein«, rief Eckert. »Fahren Sie erst mal weiter.«
Erst mal war gut. Er hatte keine Ahnung, wohin er den Bus dirigieren sollte. Nach Osten vielleicht, wobei nicht klar war, ob es da auch genug Tankstellen gab. Nach Sofia, das war südlich von hier. Er wusste nicht genau, ob sie da jetzt eine sozialistische Regierung hatten, aber Tankstellen gab es wohl. Er versprach sich von einer linken Regierung mehr Sympathie. Allerdings müssten sie dann gleich wieder eine Grenze überqueren. Das wollte er eigentlich nicht.
»Nach Budapest«, sagte Eckert. »Wir fahren nach Budapest.« Er hatte Budapest immer gemocht, und er könnte in den Karpaten nachdenken.
»Das trifft sich gut, das liegt auf der Strecke«, sagte Helga und lächelte müde. Sie hatte eine raue Stimme.

Er sah sie an. Sie musste etwa in seinem Alter sein. Sie war nicht panisch, was ihm gefiel. Vielleicht genoss sie es, die Führung an ihn abgegeben zu haben. An irgendjemanden erinnerte sie ihn.

»Gibt es eigentlich eine Art Plan, wie Sie sich in solchen Situationen verhalten sollen?«, fragte Eckert leise. Er saß auf Platz 24, sie auf der Lehne von 23, dazwischen war der Gang. Die Waffe lag auf seinem blutigen Oberschenkel.

»Glaube ich nicht, ich habe aber auch noch nie gehört, dass jemand einen Bus entführt hat.«

Entführt. Er entführte einen Reisebus. Er überlegte, ob er noch zurück konnte. Ein Mann aus dem Oberdeck erschien, ein großer, dicker Mann in grauen raschelnden Trainingshosen, Badelatschen und einem Hertha-BSC-Trikot. Er blieb auf der letzten Treppenstufe stehen, als er Eckert mit der Waffe sah. Sie starrten sich einen Moment an.

»Ach so«, sagte der Dicke dann, drehte sich um und ging wieder nach oben. Er trug das Wosz-Trikot. Komisch, dass sie Wosz-Trikots in diesen Größen verkauften. Die Latschen klappten. Dann kreischte eine Frau im Oberdeck. Ach so, eine Entführung. Es gab wohl kein Zurück. Eckert hielt die Waffe ein bisschen fester.

Es regnete, als sie die Karpaten erreichten. Eckert hatte auch noch nie von einer Busentführung gehört. In dem Film »Speed« gab es einen Bus, aber der Kidnapper saß nicht mit drin.

»Wollen Sie irgendjemanden freipressen?«, fragte Helga als wolle sie ihm helfen. Wen sollte er freipressen? Er kannte keine Gefangenen. Er hätte Martins Ausweisung aus Berlin fordern können. Er hätte ihn nach Hessen zurückschicken können. Aber er kannte nicht mal dessen Nachnamen, und seine Frau würde einen verstoßenen katholischen Narkosearzt noch mehr lieben als einen katholischen Narkosearzt.

»Erst mal nicht«, sagte er. Das schien seine Standardantwort zu sein. Sie hatte ihn seine Ehe gekostet.

»Müssen Sie immer noch auf die Toilette?«, fragte er die blonde Frau. »Sie können dann gehen.«

»Danke«, sagte die Blonde und ging langsam an ihm vorbei. Ihr Sohn sah ihr ängstlich hinterher. Sicher hatte sie Angst, erschossen zu werden, wenn sie nicht die Toilette benutzte. Er würde als der Klokidnapper in die Geschichte eingehen. Er sah sie schon Interviews geben. *Und dann wollte er unbedingt, dass ich auf die Toilette gehe*. Ihm fiel nichts ein.

»Wie lange machen Sie das schon?«, fragte er Helga.

»Seit vier Jahren.«

»Und vorher?«

»Ich bin Dolmetscherin für Russisch und Serbokroatisch.«

»Ach.«

»Ja. Und Sie.«

»Ich bin BMSR-Mechaniker. Also Betriebs-, Mess-, Steuer- und Regelungstechnik, aber ich war da nie gut. Ich hab zwei linke Hände.«

Im Busentführen war er nicht besser.

Es spülte. Die Blonde kam wieder. Sie lächelte unsicher. Sie war bestimmt keine Dolmetscherin für Serbokroatisch.

»Ich arbeite seit sechs Jahren bei einer Versicherung«, sagte Eckert.
»Und bei welcher?«, fragte Helga.
»Bei der AOK.«
»Ach.«
Dazu fiel selbst Helga nichts mehr ein. Ein Versicherungsvertreter von der AOK. Sie sah auf ihre Schuhspitzen. Sie trug Cowboystiefel und helle, enge Jeans, die in den Stiefeln steckten. Er wusste jetzt, an wen sie ihn erinnerte. An Bonnie Tyler, eine singende englische Verkäuferin aus den 80er Jahren. *It's a heartache.* Er hatte keine Ahnung, wie er Bonnie Tyler damals gefunden hatte, aber wahrscheinlich nicht so gut.
Helga schien in Ordnung zu sein. Eckert dachte daran, dass sich Entführungsopfer oft in ihre Entführer verliebten. Eine Dolmetscherin. Sie wäre selten zu Hause. Jürgen und Helga. Bonnie and Clyde.
»Ja«, sagte er.
»Das ist bestimmt interessant.«
»Es geht so.«
»Ich bin AOK-Mitglied«, rief die dicke Blonde, vermutlich dachte sie, es würde ihr das Leben retten.
»Ich bin privat versichert«, sagte Helga. »Das war der größte Fehler meines Lebens. Aber es sah mal ganz gut aus.«
»Haben Sie Kinder?«, fragte Eckert.
»Nein«, sagte Helga.
Jetzt lehnten sich auch andere Fahrgäste wieder aus ihren Sitzreihen. Die Situation schien sich etwas entspannt zu haben.
»Dann muss eine private Versicherung kein Fehler sein.

Rufen Sie mich doch an, wenn das hier vorbei ist«, sagte Eckert.
Helga lachte, sie hatte kleine weiße Zähne und viel rotes Zahnfleisch. Es würde nie vorbei sein, und er würde nie wieder bei der AOK arbeiten. Er war ein Entführer. Er trug eine Waffe. Vielleicht sollte er irgendwas gegen die Versicherung unternehmen. Aber das würde sicher ein großes Missverständnis werden. Die Versicherten würden mit einem halben Ohr AOK im Radio hören und hätten Angst, dass es ihnen an den Kragen ging. Die AOK galt als die Kasse der kleinen Leute. Am Ende war er nicht nur der brutale Kidnapper. Er würde dastehen wie jemand, der die Lohngelder von Bergarbeitern raubt. Er wäre lieber eine Art Gentlemanverbrecher gewesen. Ein Robin Hood.
Er wusste nicht, was er fordern sollte.
Vor zehn Jahren hätte er den Einigungsvertrag verbrennen lassen können, vor fünfzehn Jahren hätte er die politischen Gefangenen aus Bautzen befreien können, auch wenn er daran vor fünfzehn Jahren sicher nicht gedacht hätte. Vor einem Jahr hätte er wenigstens noch den Kosovokrieg stoppen können. Aber jetzt war gerade keine gute Zeit für Busentführungen. Die Menschen beschäftigten sich nur noch mit absurden Fernsehsendungen und Aktien. Sollte er einen verkaufsoffenen Sonntag fordern? Aus einem Bus, der durch die Karpaten rollte?
»Haben Sie ein Funktelefon?«, fragte er Helga.
»Ja, aber bis Debrecen haben wir kein Netz mehr. Wir tanken in Sibiou, manchmal geht da ein Telefon, aber sicher ist es nicht.«

»Wie lange dauert das.«

»Knappe drei Stunden. Die Autobahn geht nur bis Pitesti, und es regnet.«

Er hatte drei Stunden Zeit. Sie waren nicht erreichbar, sie konnten niemanden erreichen. Das war ein gutes Gefühl. Er hätte länger so zeitlos rollen können. Das wäre eine Forderung gewesen. Lasst mich treiben. Aber in drei Stunden musste er sagen, was er wollte. Es gab niemanden, der für eine Entführung weniger geeignet war als er. Er wurde müde. Aber einschlafen durfte er natürlich nicht.

Eigentlich wollte er kein Geld. Außerdem klappten diese Geldübergaben sowieso nie. Er dachte kurz an die Konsequenzen, aber die würden ja nicht größer werden durch die Forderung. Entführt hatte er den Bus ja bereits. Er hatte eine Forderung frei.

Reichelt. Er würde irgendwas mit Reichelt machen. Reichelt demütigte ihn seit Jahren, ohne dass Eckert wusste, warum. Reichelt war der Chef der Filiale in der Prenzlauer Allee, wo Eckert arbeitete. Ein blasser, kahlköpfiger Typ, der mit der Stoppuhr die Einhaltung der Arbeitszeiten überwachte. Ein Despot, bei dem man sich drei Wochen vorher für ein persönliches Gespräch anmelden musste. Er beobachtete sie durch eine Glasscheibe, die auf einer Seite verspiegelt war.

Als sie an der Tankstelle in Sibiou stoppten, hatte Eckert seine Forderungen zusammen. Es war halb zwei, die Mittagspause war vorbei, an der Prenzlauer Allee würden alle da sein. Reichelt sollte seinen Platz verlassen, nach draußen auf die Galeere gehen und sich bei allen Sklaven entschuldigen. Dann sollte er sie in

die Osterferien schicken. Drei Stunden früher. Das wäre eine große Tat.
Er nahm Helga und Peter mit in die Telefonzelle. Die Waffe hatte er unter einer Windjacke versteckt.

In der AOK-Filiale an der Prenzlauer Allee klingelte das Telefon. Marianne Kruse, die Chefsekretärin, nahm ab. Sie nickte, dann stellte sie durch.
»Es ist Eckert, Chef.«
»Jetzt nicht«, sagte Reichelt.
»Klingt aber dringend«, sagte die Kruse.
Reichelt sah einen Moment durch die große Glasscheibe in den Saal. Er suchte nach Eckerts verwaistem Schreibtisch, fand ihn aber nicht, weil am Tisch der Kolberg eine riesige Kundin mit Hut saß. Es war fast Ostern, und er hatte eben im Computerskat fast einen neuen Rekord aufgestellt. Er hätte den Grand Hand spielen sollen, aber er hatte sich nicht getraut. Er würde es gleich nochmal probieren. Die Leiste »Chef kommt!«, die in der Ecke leuchtete, galt nicht für ihn. Er war der Chef. Niemand würde ihn überraschen. Er sah in das dumme Gesicht der Kruse, dann lächelte er.
»Jetzt nicht, hatte ich gesagt, Frau Kruse.«
Reichelt klickte auf die Spalte »Neues Spiel«.
»Jetzt nicht«, sagte die Kruse ins Telefon und legte auf.

Peter und Helga sahen ihn an. Peter sah auch müde aus. Eckert fragte sich, was sie sich gewünscht hätten. Er schaute raus zum Bus, die Leute guckten aus den Fenstern. Sie wollten wissen wie es weiterging. Komisch, dass niemand versuchte, zu fliehen. Vielleicht wussten sie alle nicht, wohin. Womöglich verbanden sie ja Hoffnungen mit ihm. Wer machte denn heute noch Busreisen durch Rumänien und Bulgarien? Eckert hängte langsam den Hörer ein. Er hatte gar nichts in der Hand.

»Wollen Sie es nochmal probieren?«, fragte Helga.

Eckert schüttelte den Kopf. Es war vorbei. Sie gingen zum Bus zurück. Helga, Peter und er. Er hatte das Gefühl, dass sie zusammengehörten. Sie waren die Vorhut. Sie waren die Cartwrights. Eckert trug die Pistole jetzt offen.

Drinnen gab er Helga die Waffe.

»Passen Sie auf, ich will mich einen Moment ausruhen.«

»Okay«, sagte Helga.

Peter startete den Wagen.

Eckert legte sich auf die 22, 23. Er schlief sofort ein. Niemand würde ihnen folgen. Dies war ein Totenschiff, sie glitten durch die Zeit, und er war der Kapitän. Sie würden sich an die 24 erinnern, er war keine Nummer.

Eine Viertelstunde später riss der Himmel auf, nachdem es so lange geregnet hatte. Die Sonne fiel dem schlafenden Eckert ins Gesicht, seine Lider flimmerten. Helga beugte sich vorsichtig über ihn und zog die Vorhänge zu. Als sie sich aufrichtete, strich sie ihm über die Haare, die golden in der Nachmittagssonne glänzten.

Der neue Mann

Es regnete leicht, genau so viel, dass es zum mittleren Intervall ihrer Scheibenwischeranlage passte. Die Anlage hatte drei Intervallstufen. Die mittlere war gut.
Sie fragte sich, wie er aussah. Es würde ihr gefallen, wenn er kahl war. Ihr Vater hatte volle Haare gehabt.
Die Straßen waren verlassen, aber die Ampel am S-Bahnhof Adlershof leuchtete rot.
Sie stoppte. Jetzt passte das Intervall nicht mehr, die Scheibenwischer fingen an zu ratschen, es wurde Grün. Sie fuhr los und wechselte das Intervall wieder. Aber der Regen hatte sich verändert, der Rhythmus stimmte nicht mehr. Sie spürte das Kribbeln, die verdrehte Lamelle in einer Jalousie konnte sie in den Wahnsinn treiben. Sie war wie ihr Vater.
Dieter. Sie könnte ihn nicht Dieter nennen, niemals. Sie wusste, dass es alle von ihr erwarteten. Sie hatte schon immer Schwierigkeiten gehabt, Namen auszusprechen. Sie konnte ihren Freund Christian nur ganz selten Christian nennen, sie mochte nicht mal ihren eigenen Namen sagen. Andrea. Es hatte vier Andreas in ihrer Schulklasse gegeben. Ihre Kindheit hatte

vor Andreas nur so gewimmelt. Ihr Name hatte keinen Sinn gehabt.
Sie fuhr nach links, Bahnhof Grünau war auch Rot. Immer Rot. Auch eine Ordnung. Das mittlere Intervall passte jetzt wieder, ein ganz leichtes Ratschen nur noch. Sie klappte die Sonnenblende herunter, sah in den Spiegel, bleckte die Zähne. Sie hatte sich die Haare schneiden lassen wie Meg Ryan und Sandra Bullock. Alle hatten sie jetzt so, aber so war es ja immer. Sie klappte den Spiegel wieder hoch und schaltete das Radio ein, um das Ratschen nicht mehr hören zu müssen. Sie tippte die vier eingespeicherten Stationen durch. Auf rs2 spielten sie »Please come home for Christmas« von Pat Benatar, auf RTL »Thank God it's Christmas« von Queen, bei Radio Eins »December will be magic again« von Kate Bush und beim SFB »Happy X-mas« von John Lennon und Yoko Ono. Es gab keine Überraschungen mehr. Sie fuhr mit John Lennon durch Grünau. »War is over«, das passte ja in diesen Tagen wieder, würde der Moderator gleich sagen, sicher hatte er es bereits gesagt. Es war so langweilig. Aber wenn es nicht langweilig war, machte es ihr Angst.
Hundert Meter vorm Haus hielt sie nochmal an. Sie schaltete die Scheinwerfer, den Motor und die Scheibenwischer ihres Alfa Romeo ab, die Lichter hinter den Scheiben verliefen schnell. Sie wurde ruhiger. Sie klappte den Spiegel runter, schminkte sich nochmal die Lippen. Dunkelrot, sie spielte bereits mit. Sie klappte den Spiegel wütend wieder hoch. Es war der Freund ihrer Mutter, nicht ihrer! Freund, schon das Wort klang obszön. Ihre Mutter war 59, mit 59 hatte man keine

Freunde mehr. Sie würde einfach trinken, Christian müsste zurückfahren. Sie hoffte, dass er schon da war. Und sie hoffte, dass er noch nicht da war. So war es eigentlich immer.
Sie fuhr das letzte Stück im ersten Gang.
Christians schwarzer Golf stand neben dem Nissan Kombi ihrer Schwester. Die Autos erzählten bereits Geschichten. Christians Golf sollte bescheiden wirken und vorläufig, der Kombi ihrer Schwester hatte Platz für Kinder. Christian war fünfzehn Jahre älter als ihre Schwester. Ihre Mutter fuhr den alten, zu großen BMW ihres Vaters, über dessen Lenkrad sie kaum hinausschauen konnte. Ihre Mutter wirkte wie ein Kind in dem Auto, unselbständig.
Dieter schien ohne Auto hier zu sein. Vielleicht wollte er über Nacht bleiben.
Sie selbst fuhr einen Alfa Romeo. Schwarz, neu und schnell.
Sie nahm die Tüte mit den Geschenken vom Beifahrersitz und ging langsam durch den kleinen Vorgarten. Die Gehwegplatten kippelten, vielleicht war Dieter ja handwerklich begabt. Sie trug die neuen Schuhe mit den langen rechteckigen Spitzen, Schnabelschuhe, wie sie alle in der Agentur trugen.
Sie klingelte. Der Schatten ihrer Mutter erschien hinter der geriffelten Scheibe, leicht gebeugt, ihre Umrisse sahen aus, als würde sie eine Schürze tragen.
Ihr Vater war seit fünf Jahren tot. Fünf Jahre nur.
»Andrea«, sagte ihre Mutter, als habe sie nicht mehr mit ihr gerechnet.
Ihre Mutter empfing sie immer, als sei sie zu früh aus

dem Krieg heimgekehrt oder überraschend aus der Klinik entlassen worden. Sie trug keine Schürze, aber das machte keinen Unterschied. Ihre Mutter sah verwundert auf ihre Schnabelschuhe.

»Frohe Weihnachten, Mama«, sagte sie schnell und hielt ihr die Tüte hin.

»Ich habe nichts für Dieter mit«, sagte sie.

»Klaus-Dieter«, sagte ihre Mutter und drückte sich die Tüte an die Brust. Klaus-Dieter war noch schlimmer als Dieter. Aber man konnte es mit sehr viel Distanz aussprechen, es klang schon ohne Betonung wie ein Witz.

Am Ende der Diele tauchte der Mann auf. Er war nicht kahl, er hatte graue, glatte Haare, die er mit der Hand nach hinten strich. Er trug eine Lesebrille und Hausschuhe. Offenbar hatte er sich bereits eingerichtet.

»Wenn man vom Teufel spricht«, sagte er. Er hatte einen leichten sächsischen Akzent und sah auch so aus.

»Ich bin die große Tochter«, sagte sie.

»Andrea«, sagte er.

»Ja«, sagte sie.

»Ich bin der Klaus-Dieter.«

Er wippte ein bisschen in den Knien, verlegen, vielleicht auch freudig, weil er das nun auch hinter sich hatte. Er würde sie nie auf seine Seite bekommen, aber das wusste er noch nicht. Er trug ein Hemd mit großem Kragen, das nicht modern, sondern übrig geblieben war. Es sah aus wie ein Perlonhemd, und man konnte sein Unterhemd erkennen. Sie fühlte sich overdressed, ein unbekanntes, neues Gefühl in diesem Haus. Es war ihr Haus. Sie hörte ihre Schwester Beatrix von drinnen reden, laut, unangemessen laut. Sie hörte die Wörter »Oberleder«, »Schwierigkeiten« und »Weißrussland«. Ihre Schwester war Zahnärztin und konnte zu jedem Thema reden.

»Die Beatrix kenn ich ja schon«, sagte Klaus-Dieter und nickte ihrer Mutter zu. Sein Akzent konnte auch schwäbisch sein. Und auch das hätte zu ihm gepasst. Es passte sowieso alles, es war so langweilig. Die Beatrix und die Andrea. Er wollte sie hoffentlich nicht adoptieren, sie war 31, sie würde sich nicht mehr an ihn gewöhnen. Für ihre kleine Schwester konnte sie nicht sprechen. Sie war erst 27 und hätte sicher gern einen Opa für die Kinder, die sie irgendwann mal mit ihrem Kombi durch die Gegend fahren würde. Einen mit Hausschuhen.

Ihre Mutter zog sich in die Küche zurück.

»Und auch die … äh … bessere Hälfte«, sagte Klaus-Dieter, er wurde immer mutiger. Offenbar hatte er aber noch Angst davor, sie zu duzen.

»Wessen bessere Hälfte?«, fragte sie, um ihn zu einem du zu provozieren.

»Den Christian«, sagte er.

»Er ist mein Freund«, sagte sie. Freund klang komisch, falsch.

»Ja«, sagte Klaus-Dieter und lächelte, nun wieder ein bisschen unsicherer.

Ihre Mutter raschelte mit der Tüte in die Küche.

»Brauchst du Hilfe, Ingrid?«, rief Klaus-Dieter. Ingrid. Seit Jahren hatte niemand ihre Mutter mehr Ingrid genannt, dachte Andrea.

Sie stand mit dem Mann in der Diele, es war eine schöne, quadratische Diele, die mit hellem Parkett ausgelegt war, auf dem ihre Schuhe gut aussahen. Es roch leicht nach Muskat. Man konnte von hier bis unters Dach sehen. Ganz oben gab es einen kleinen gläsernen Himmel, den ihr Vater in einer halsbrecherischen Aktion mit kleinen Keilen angehoben hatte, immer wenn es Sommer wurde. Angeblich wurde dadurch die Luft besser. Sie liebte diese Diele, sie liebte das Haus. Es war 1921 gebaut worden, es war hell, es war schlicht und großzügig zugleich.

Klaus-Dieter betrat vor ihr das Wohnzimmer. Es war zweigeteilt. Der Baum stand in der Bücherhälfte, die niemand Bibliothek genannt hatte, wahrscheinlich hätte es zu bürgerlich oder zu lächerlich geklungen. Dort hatte der Baum immer gestanden. Ihr Vater hatte sich jedes Mal beschwert, dass er zu Weihnachten nicht an die Bücher kam, obwohl er den Baum selbst dorthin gestellt hatte. Es war der beste Platz für einen Baum.

Auf der Sitzecke im Fernsehteil saß ihre Schwester Beatrix neben einer alten Frau, die sie noch nie gesehen hatte. Ihre Schwester hatte kurz aufgehört zu reden.

Die alte Frau starrte sie an.

»Meine Mutter«, sagte Klaus-Dieter und dann etwas lauter: »Mutti, das ist Andrea.«

»Nein«, sagte die alte Frau.

»Nicht unsere Andrea, Mutti. Ingrids Andrea«, sagte Klaus-Dieter zu der alten Frau. Und dann zu ihr: »Ich habe nämlich auch eine Andrea.«

»Sie ist so alt wie du«, sagte ihre Mutter schnell, als freue sie sich, endlich eine Spielkameradin für ihre launische Tochter gefunden zu haben.

»Schön«, sagte sie und schüttelte der alten Frau die Hand, die sich anfühlte, als sei sie mit Wachstuch überzogen. Die Frau hatte wässrige, fast durchsichtige Augen, sie roch bitter und nickte leicht. Bis vor anderthalb Minuten wusste sie noch nicht mal den richtigen Namen von Klaus-Dieter, jetzt kannte sie schon dessen Mutter. Die ungeborenen Kinder ihrer Schwester Beatrix hatten eine Urgroßmutter bekommen. Christian stand mit einem Bierglas neben dem Baum und lächelte sie spöttisch an. Sie ging zu ihm und küsste ihn wie einen Kollegen. Was die Familie anging, stand es 3:3. Drei stammten aus dem Haus, drei kamen von außerhalb. Vielleicht war die »andere Andrea« ja auch nur auf dem Klo, und sie waren bereits in der Unterzahl. Ihre letzte Oma war zwei Jahre vor ihrem Vater gestorben, sie war schon die fünf Jahre davor ohne Bewusstsein gewesen.

»Ich hol mir auch mal was zu trinken«, sagte Andrea.

Sie ging in die Küche, ihre Mutter folgte ihr. Ihre Schwester begann wieder auf die alte Frau einzureden.

»Was hat das zu bedeuten?«, fragte Andrea.

»Was meinst du?«

»Dieser Menschenauflauf da drin?«

»Ich dachte, wir haben es mal ein bisschen gemütlicher als in den letzten Jahren. Weihnachten ist ein Familienfest.«

»Klaus-Dieter gehört nicht zu meiner Familie. Und seine Mutter auch nicht.«

Ihre Mutter nickte. Sie nickte immer, wenn sie nicht weiterwusste.

Andrea trank einen großen Schluck Bier und wartete auf die Wirkung. Sie wollte keinen Streit.

»Was gibt es zu essen?«
»Nichts Besonderes. Hühnersuppe, Brot, Käse.«
»Hühnerbrühe? Ist es wegen der dritten Zähne von Klaus-Dieters Mutter?«
Ihre Mutter schwieg. Sie hatten immer Würstchen und Kartoffelsalat gegessen. Immer. Sie waren hier zu Hause.
»Wieso musst du gleich alles auf einmal ändern, Mama?«
»Koste die Suppe, sie ist gut.«
Sie wurde langsam weicher, tauber. Sie trugen das Geschirr hinein. Klaus-Dieter sah nicht überrascht aus, als sie ihm den Teller hinstellte. Es war, als habe er damit gerechnet. Es lief Dean-Martin-Frank-Sinatra-Weihnachtsmusik, die sie gern abgeschaltet hätte.
Sie aßen schweigend, die Suppe war gut. Die CD war zu Ende. Die Löffel stießen gegen die Teller, was ihr gefiel. Es klang friedlich, angemessen. Zum ersten Mal an diesem Abend passte etwas.
Leider ertrug Klaus-Dieter die Ruhe nicht.
»Was macht die Arbeit?«, fragte er sie. Vermutlich war es das, was er unter Konversation verstand.
»Ich habe Klaus-Dieter gesagt, dass du in der Werbung arbeitest«, sagte ihre Mutter schnell.
Alle sahen sie an, es war, als wolle man sie auch ein bisschen ins Gespräch einbeziehen.
»Es ist keine Werbung, wir beraten Unternehmen in ihrem Image. Wir machen ihre Firmenkataloge, Messeauftritte, Konferenzen, so was.«
»Ich bin gelernter Zerspaner«, sagte Klaus-Dieter.
»Er war Meister«, sagte ihre Mutter.

Klaus-Dieter lächelte.
Andreas Vater war Chirurg gewesen, er hatte eine Klinik geleitet. Sie sehnte sich nach ihm. Sie hätte gern ein selbstverständliches Gespräch geführt. Sie wollte sich fallen lassen, dies war Heiligabend, dies war ihr Haus, dies war ihre Familie.
Sie berührte Christians Oberschenkel.
»Mein Freund ist Rechtsanwalt«, sagte sie. »Meine Schwester ist Zahnärztin.«
Klaus-Dieter nickte, als seien dies akzeptable Berufe, seine Mutter kratzte mit dem Löffel im Suppenteller.
»Klaus-Dieter ist viel auf Montage gewesen, auch im Ausland«, sagte ihre Mutter, als wolle sie den Mann verkaufen.
Sie tat ihr plötzlich Leid, ihre Mutter war immer Hausfrau gewesen. Sie wollte den neuen Mann in die Mitte schieben, dort wo er ihrer Meinung nach hingehörte. Und seiner Meinung nach wohl auch. Wahrscheinlich war sie die Einzige, die ihn dort nicht haben wollte.
Beatrix erkundigte sich nach irgendwelchen elektronischen Steuerungen von Werkzeugmaschinen. Klaus-Dieter fing an zu reden, das Gespräch trudelte von Andrea weg. Sie saß in ihrem alten Wohnzimmer, der Baum stand, wo er immer gestanden hatte, ab und zu flogen ihr Wörter wie Kühlmittel und Flansch an den Kopf. Es wurde eine neue Ordnung geschaffen, in der sie nicht mehr vorkam.
Christian schwieg, er hatte den ganzen Abend nichts weiter gemacht, als spöttisch gelächelt. Sie zog die Hand von seinem Oberschenkel.
Das Gespräch hatte die Treuhand erreicht.

»Es lag nicht an Dieter«, sagte die alte Frau zusammenhangslos.
»Dann kommen wir mal zur Bescherung«, sagte Andreas Mutter.
Christian hatte ihr ein Vierteljahresabo für ein Frauenfitnesscenter geschenkt. Es passte zu ihrer Beziehung. Ein Vierteljahr, ein Häppchen. Ihre Schwester schenkte ihr eine kleine Dose Augencreme von Chanel. Von ihrer Mutter bekam sie zwei verschiedene Biolek-Kochbücher. Sie mochte weder Biolek noch Kochen. Das schlimmste Geschenk kam von Klaus-Dieter.
Es war so ein elektronisches Notizbuch, ein Palmpilot. Es war sicher kein guter, sie hatte die Marke noch nie gehört. Aber es war ein viel zu teures, unangemessenes Geschenk. Sie drehte die Packung hin und her. Hinten stand der Entwurf eines Tagesplans drauf. 7.30 Uhr Ronny zur Schule bringen. 11.00 Uhr Stadtcafé mit Uschi. 14.30 Uhr Friseur. 17.30 Uhr Ronny Tennis. Klaus-Dieter machte alles falsch.
»Oh«, sagte sie. »Vielen Dank.«
Dieter senkte stolz den Kopf. Seine Mutter starrte ihn an, ein kleiner Speichelbach rann aus ihrem Mundwinkel. Die alte Frau hatte eine kleine Dose im Schoß, die sie gerade ausgewickelt hatte. Eine bunt bemalte und lackierte Holzdose, mit der kein Mensch etwas anfangen konnte.
Kurz nach elf klingelte es, die andere Andrea stand in der Tür. Klaus-Dieters Tochter aus erster Ehe. Sie holte die Oma ab. Diese Andrea trug den gleichen Namen wie sie, sie war in ihrem Alter, aber sie schien aus einer völlig anderen Welt angereist zu sein. Sie benutzte

offenbar keine Augencreme, sie trug eine gesteppte Bundlederjacke mit vielen Reißverschlüssen und Schulterstücken, die sie nicht ausziehen wollte.
»Oma Billi ist ersten Feiertag immer bei uns«, war alles, was sie sagte.
Sie wollte sich auch nicht mehr hinsetzen. Es glich einer Entführung. Sie hakte die Oma unter und verschwand. Aber für den Moment, den sie mit schwingenden Armen im Wohnzimmer wartete, stand es 4:3 für die anderen. Lederjacken-Andrea, Klaus-Dieter, Oma Billi und Christian gegen ihre Schwester, ihre Mutter und sie. Sie hatte das Gefühl, das nie wieder aufholen zu können.
Zehn Minuten nachdem ihre Namensvetterin verschwunden war, zog Christian sie auf den Flur.
»Ich kann nicht mehr«, sagte er. Sie erkannte, wie er in zehn Jahren aussehen würde, seine Kieferlinie begann etwas die Form zu verlieren. Sein Blick war ohne Ziel.
»Was?«, fragte sie.
»Alles. Ich fühle mich so eingeengt. Ich brauche ein bisschen Platz.«
Sie sah ihn an. Er war 41 Jahre alt.
»Ja«, sagte sie, ohne zu wissen, was sie damit meinte. Er hatte eine eigene Wohnung, er hatte ein eigenes Auto, er hatte ein eigenes Konto. Sie mussten sich nicht trennen.
»Es ist sicher nicht der günstigste Zeitpunkt«, sagte er.
»Ach«, sagte sie.
Er ging nochmal kurz ins Wohnzimmer, verabschiedete sich, erzählte irgendwas von Arbeit und küsste sie in der Diele väterlich auf die Wange. Er verließ ihr Haus,

wahrscheinlich für immer. Sie ging zurück zu den anderen.
Es stand plötzlich 3:1. Sie hatten doch noch gewonnen. Klaus-Dieter erzählte vom Irak, wo er drei Jahre lang auf Montage gewesen war. Die Luft war so trocken und staubig, dass man pausenlos popeln musste, erzählte er gerade. Er saß mit seinen dicken Fingern zwischen all den Büchern und dem hübsch geschmückten Baum. Ein Rotarmist in einer Industriellenvilla.
Sie räumte zusammen mit Beatrix ab.
»Stimmt was nicht mit Christian?«, fragte Beatrix in der Küche.
»Es ist eigentlich wie immer«, sagte sie. »Und bei dir?«
»Auch«, sagte ihre Schwester.
Sie lachten. Zum ersten Mal fühlte sie sich gut. Sie hätte jetzt gern geraucht. Aber sie rauchte nicht mehr, seit ihr Vater tot war. Nie mehr. Es hatte ihn umgebracht.
Es packte sie eine kurze, heftige Wut auf ihren Vater. Sie stand mit ihrer Schwester kinderlos in der Küche, ihre Mutter saß mit einem Schlosser in der Bibliothek. Sie kam sich vor wie in einem Südstaatendrama, irgendeine Schwesterngeschichte mit Jessica Lange, die sie mal im Kino gesehen hatte. Sie liebte ihre Schwester plötzlich sehr. Ihre Mutter verließ sie gerade, sie zog mit Klaus-Dieter in eine Neue Welt. Sie waren Waisen.
»Ich bin froh, dass sie Klaus-Dieter gefunden hat«, sagte Beatrix. »Das Haus fällt bald auseinander. Die Heizung macht nicht mehr lange.«
»Ja«, sagte Andrea. Sie war doch ganz allein. Ihre Schwester würde irgendwann auch einen Klaus-Dieter

finden, der sie schwängerte und die Dichtungen wechselte, wenn sie brüchig wurden.
Sie schenkte sich einen Schnaps ein, ihre Schwester wollte keinen. Sie musste noch fahren. Wohin auch immer. Sie trank den Schnaps aus, während ihre Schwester die Küche in Ordnung brachte.
Dann trank sie noch einen.
Als alles sauber war, ging ihre Schwester. Sie brachte sie zum Kombi. Es hatte aufgehört zu regnen. Sie war müde.
»Ich geh schlafen«, sagte sie den beiden, die auf dem kleinen Ledersofa in der Bibliothek saßen. Es roch nach Rauch, auf dem Couchtisch stand ein Aschenbecher mit einer Kippe drin. Sie dachte an ihren Vater. Jetzt rauchten sie sogar schon wieder.
»Es ist Heiligabend«, sagte sie zu ihrer Mutter, ohne zu wissen warum.
Klaus-Dieter sah auf die Uhr und sagte: »Wir haben schon den ersten Feiertag, Mädchen.«
Ihre Mutter lachte, als sei das eine geistreiche Bemerkung gewesen.
Sie stand noch einen Moment in der Tür, aber sie vergaßen sie sofort. Klaus-Dieter küsste ihre 59-jährige Mutter auf den Mund und patschte ihr mit seiner riesigen Hand auf die Bluse. Sie seufzte, als habe sie darauf den ganzen Abend gewartet.
Andrea ging nach oben, setzte sich auf ihre Kinderzimmerliege und zog sich die Schnabelschuhe aus. Sie hielt sie einen Moment in der Hand, dann warf sie sie in die Ecke. Sie sahen lächerlich aus. Sie stand nochmal auf und stellte sie ordentlich zusammen. Sie zog ihr Jackett

aus, hängte es über ihren Stuhl, sie legte sich auf die Liege. Sie ließ ein Bein aus dem Bett hängen, um das Karussell in ihrem Kopf zu stoppen. Sie hatten sie losgelassen. Sie fiel, alles löste sich auf.

Irgendwann hörte das Karussell auf, sich zu drehen, aber es war nicht erlösend.

Sie hätte zu sich nach Hause fahren sollen. Sie dachte kurz an Christian. Sie konnte sich sein Gesicht nicht mehr vorstellen. Sie waren zweieinhalb Jahre zusammen gewesen. Er hatte sie vor zwei Stunden verlassen, und sie wusste schon nicht mehr, wie er aussah. Sie war jetzt wach. Es war ganz ruhig. Sie lauschte. Sie hoffte, irgendetwas zu hören. Und sie hoffte, dass alles ruhig blieb.

Sie lag zwei oder drei Stunden so da. Dann ging sie runter und suchte nach Zigaretten.

Lunkebergs Fest

Lunkeberg sah auf seine Schuhe. Er trug Schuhe in seiner eigenen Wohnung. Straßenschuhe in seiner Küche. Schwarze, glänzende Straßenschuhe mit dicken Sohlen und wulstigen Kappen, die Cathrin für ihn ausgesucht hatte. Die Hausschuhe hatte er versteckt. Es waren alte Kamelhaarpantoffeln, die innen schon zerkrümelten, aber er liebte diese alten Schuhe. Er hatte sie in eine Tüte gerollt und ins Obstfach des Kühlschranks getan. Dort würde niemand nachsehen, dort lag ja nie was. Lunkeberg betrachtete seine Schuhe und fragte sich wieder, warum er sich das antat. Sie hätten bei seiner Mutter in Oberschöneweide sitzen können. In Strümpfen. Es hätte einen Weihnachtsbaum gegeben, einen richtigen bunten Weihnachtsbaum und nicht dieses zusammengeschweißte Edelstahlgestell von diesem Kroschke oder Krokoschke oder Kroschek, die »sterbende Leila«, die Cathrin mit einer Lichterkette verziert hatte. Seine Mutter hätte Ernte 23 geraucht, und nach dem Essen hätte es einen anständigen Schnaps gegeben. Einen Braunen, der noch brannte. Oder zwei. Mit dem Dritten wäre er rübergegangen in sein altes

Kinderzimmer und hätte sich einen Western angeschaut, während die Frauen abwuschen. Er liebte es, wenn sich Cathrin mit seiner Mutter zu John Waynes Synchronstimme und leise klapperndem Geschirr unterhielt.
Hier hatten sie ja einen Geschirrspülautomaten.
Lunkeberg dachte kurz daran, zu fliehen.
Es war Heiligabend. Fremde Menschen saßen in seinem Wohnzimmer.
Oliver und Anna, Gregor und Isabel. Oder Isabel und Oliver, Anna und Gregor. Wohl nicht Gregor und Oliver, Anna und Isabel. Cathrin kannte Anna aus dem alternativen Reisebüro, in dem sie arbeitete. Oder sie kannte Isabel von dort. Wenn es so war, dann war Anna eine Freundin von Isabel. Sie hatte ihren Freund mitgebracht.
»Sie wissen alle nicht, was sie an diesem schrecklichen Abend machen sollen«, hatte Cathrin zu ihm gesagt. Er hatte genickt, ohne zu wissen, dass er damit diesem Weihnachtsfest zustimmte. Ein Fest! Es gab keine Feiern mehr, es gab nur noch Feste. Er hatte alle zum ersten Mal gesehen. Freunde. Fremde Freunde.
Er hörte sie lachen. Wahrscheinlich hatte Cathrin gerade vorgemacht, wie er schnarchte und welche Geräusche er morgens im Bad machte. Oder erzählt, dass er hellblaue Frotteeschlüpfer getragen hatte, als sie sich kennen lernten. Aus irgendeinem Grund erzählte sie gern solche Geschichten. Womöglich dachte sie, es mache ihm nichts aus. Bestimmt wussten jetzt alle, dass er Referent im Innensenat war und SPD-Mitglied. Der Typ mit den langen Haaren, Gregor, hatte so ausgesehen, als würde er

das lustig finden. Wieso hießen solche Typen eigentlich immer Gregor und solche wie er selbst immer Frank? Frank Lunkeberg. Das würde nie was mit diesem Namen. Andererseits war Schröder auch Kanzler geworden. Ein Gerhard. Ein Schröder. Aber der hatte volle Haare und ein gewaltiges Kinn. Lunkeberg hatte praktisch gar kein Kinn. Und auch keine Haare mehr. Gregor machte bestimmt was Spannendes. Und wahrscheinlich fragte sich Cathrin gerade, wie sie an ihren kinnlosen Sozialdemokraten geraten war.

»Frankie!«, rief Cathrin aus der Küche.

Fränkie. Sie wollte, dass er ein bisschen interessanter klang. Vor ihm war sie mit einem Hans-Joachim zusammen gewesen, den sie Jo genannt hatte. Sie hatte ihm heute Nachmittag ein orangefarbenes Hemd mit einem riesigen Kragen rausgelegt. Er fragte sich manchmal, wieso sie sich nicht gleich einen Jo nahm oder einen Frankie. Aber wahrscheinlich machte es mehr Spaß so. Sie verstand ihre Beziehung als eine Typberatung. Er hatte geglaubt, dass diese riesigen Hemdkragen zusammen mit Sweet vor zwanzig Jahren gestorben waren. Er schaute kurz auf den dicken Ring an seinem kleinen Finger, den sie ihm zu seinem 31. Geburtstag geschenkt hatte. Er würde keine Schlaghosen tragen, da würde er hart bleiben. Keine Schlaghosen, niemals.

»Jahaa«, rief er, griff das Tablett mit den Bruschetta und Crostini und ging endlich los. In seinem Kopf lief die Sirene von Block Buster an, verlor sich an der Schwelle zum Wohnzimmer aber im Weihnachtsoratorium, das er heute Vormittag noch schnell gekauft hatte. Ein

Dreifachalbum. Sie hatten nur eine CD mit Weihnachtsliedern, die sein Opelhändler ihm im vorigen Jahr zugeschickt hatte. Sie waren ja sonst immer bei Mutter gewesen, die hatte viele Platten. Er fragte sich, was er einlegen sollte, wenn dieses Weihnachtsoratorium abgelaufen war. Vielleicht macht Gregor ja was mit Musik. Lunkeberg hatte heute Vormittag die peinlichen CDs versteckt. Smokie, Status Quo, Elton John, Barclay James Harvest und Phil Collins befanden sich bei seinen Hausschuhen im Gemüsefach. MUD, Abba und die Rubettes hatte er als Kult stehen lassen. Das bereute er jetzt. Er sah deutlich den Rücken von Super Trouper. Neben Heinz Rudolf Kunze. Was war eigentlich mit Heinz Rudolf Kunze? Durfte man den haben? Und BAP? Lunkeberg hätte sich am liebsten vor seinen CD-Schrank gestellt. Er war ein Fremder in seiner eigenen Wohnung. Oliver hatte wohl ein Computergeschäft. Sie würden ein bisschen über Computer reden, ein bisschen über Politik, ein bisschen über das, was Gregor macht. Und natürlich über alternatives Reisen. Irland, Nepal, Masurische Seenplatte.

Er stellte die Brote auf den Tisch. Die Stephen-King-Bücher standen in der Besenkammer. Zusammen mit dem Keith-Haring-Poster, das im Flur gehangen hatte. Er hoffte, dass er nichts übersehen hatte.

»So«, sagte er.

Die anderen riefen »oh«, »ah«, »lecker«.

»Tja«, sagte er.

»Na dann«, sagte Cathrin und hob ihr Prosecco-Glas.

Gregor trug ein schwarzes V-T-Shirt zu einem dunklen Anzug. Oliver ein gelbes Hemd mit riesigem Kra-

gen, der auf dem Revers seines schwarzen Jacketts lag. Drei dunkle Sakkos. Weihnachten im Jackett. Er konnte sich nicht erinnern, irgendwann in seinem Leben Heiligabend im Jackett verbracht zu haben. Er war 31. Die anderen fünf waren nicht älter. »Auf Schröder!«, sagte Gregor und lachte.
Cathrin blinzelte Lunkeberg zu und kicherte. Sie hatte es erzählt. Er würde heute Abend der Sozi sein. Sicher musste er nachher Schilys harte Linie erklären. Damit hätte Isabel bestimmt ein Stück weit Probleme. Zumindest sah sie so aus. Er würde bei Schumacher anfangen. Oder bei Bebel. Sie sollten leiden.
Die anderen hoben ihre Gläser. Der Prosecco hatte 25 Mark gekostet. Lunkeberg fiel ein, dass er die alten Schallplatten nicht durchgesehen hatte. Er war sich nicht ganz sicher, aber er glaubte, dass er eine Peter-Maffay-Platte besaß. Sie hatten diese 138 Quadratmeter große Wohnung in Prenzlauer Berg, sie hatten abgezogene Dielen und abgewaschene Wände, sie hatten diese stählerne Vogelscheuche, eine Espressomaschine für anderthalbtausend Mark, das Essen und der Wein hatten ihn ein Vermögen gekostet, und nun hatte er Peter Maffay im Schrank. Er erinnerte sich dunkel an das Cover. Maffay saß auf einem Motorrad. »Ich hatte keine Träne mehr« war drauf und »Mein Sohn, nicht geboren und nicht mal gezeugt«.
Er konnte gehen. Vor der Pasta. Schuhe hatte er ja schon an.

»Und was genau machst du da in der SPD?«, hörte sich Gregor Wetzel fragen, während er ein Tintenfischstück-

chen aus den Tagliatelle spießte. Er glaubte nicht, dass er diese Frage gestellt hatte. Was war mit ihm los? Es gab nichts, was ihn weniger interessierte als die SPD. Höchstens die Berliner SPD. Momper. Staffelt. Oder diese Frau, die aussah wie eine Unterstufenlehrerin und vor ein paar Jahren Bürgermeisterin werden wollte.
Großer Gott. Es war Heiligabend. Er saß in dieser spießigen Altbauwohnung rum und fragte nach Dingen, die ihn nicht interessierten. Wahrscheinlich würden sie gleich anfangen, irgendwelche Gesellschaftsspiele zu machen. Dieser Eisenweihnachtsbaum war der Höhepunkt. Der würde in seinem Film mitspielen. Wenn es jemals einen Film von ihm geben sollte. Er starrte auf den kleinen Saugnapf des Tintenfischstückchens auf seiner Gabel. Ekelhaft. Er hätte gerne einen Schnaps gehabt. Aber es gab hier keinen Schnaps. Er hatte nachgesehen.
»Ich bin Referent beim Innensenator.«
»Innensenator«, wiederholte Wetzel.
»Ja, Innensenator«, sagte Lunkeberg.
Wetzel hätte gern nochmal Innensenator gesagt. Es war, als zöge es ihn zur Bahnsteigkante. Innensenator. Innensenator. Innensenator. Innensenator.
»Also ich finde die neue innenpolitische Linie der SPD ja sehr problematisch«, sagte Anna. Wetzel drehte sich zu seiner Freundin um. Das hasste er an ihr, genau das. Sie weigerte sich, mit der Berliner U-Bahn zu fahren, weil sie sich vor den Leuten ekelte, hatte aber Probleme mit der innenpolitischen Linie der SPD.
Sie waren schon anderthalb Jahre zusammen. Seine Berliner Jahre. Ihre Berliner Jahre. Es war genug. Weih-

nachten noch. Womöglich Silvester. Und vielleicht den Winter, der Winter war hier besonders brutal.
»Fränk hat zwei Semester amerikanische Literatur in Phoenix, Arizona, studiert«, sagte Cathrin.
»Ach«, sagte Wetzel. Das konnte er ja bestimmt gut gebrauchen bei der Polizei.
»Ich war an der Filmhochschule in München«, sagte er.
»Wirklich?«, sagte Cathrin und strahlte ihn an, als habe er ihr eine Hauptrolle angeboten. Wetzel war sich sicher, dass er sie haben konnte. Noch heute Abend. Direkt in der Wohnung dieses kahlköpfigen Referenten, der offenbar seltsame Vorlieben hatte. Zwischen Salat und Pasta hatte Wetzel nach einer versteckten Schnapsflasche gesucht und ein paar alte Hausschuhe im Kühlschrank gefunden. Gekühlte Hausschuhe. Im Winter! Er hoffte, dass es sie nicht zum Dessert gab.
»Was der Schily zur Ausländerpolitik gesagt hat, finde ich total bedenklich«, sagte Anna.
»Mmmh«, machte Lunkeberg.
Dann war Ruhe. Annas Bedenken lagen bleischwer in der Luft. Wetzel war nicht bereit, ihr den Rücken zu stärken. Er schämte sich nicht einmal mehr für sie. Er biss das Tintenfischstück von der Gabel und schluckte es wie einen Schlauch. Tintenfisch zum Heiligen Abend. Er wollte wieder ein Kind sein. Kein bescheuerter Caster in Europas neuer Metropole. Er wollte in der Kirche sitzen und sich auf zu Hause freuen, wo seine Geschenke warteten. Er wollte Weihrauch riechen und Schnee. Nicht Fisch. Es gab Seeteufel, wie er bei seinem Abstecher in Lunkebergs Küche gesehen hatte.
»Oli war zwei Jahre in Barcelona«, sagte Isabel.

»Ach«, sagte Wetzel, der offenbar für die überraschten Ausrufe an diesem Abend zuständig war. Er tippte auf Jura. Dieser Oliver war der Einzige am Tisch, der es gewohnt war, einen Anzug zu tragen. Er war zurückhaltend, aufmerksam, wenn er was sagte, dann war es »toll«, und er hatte diese freundliche, beruhigende Anwaltsausstrahlung. Wir-kriegen-das-schon-hin. Machen-Sie-sich-mal-keine-Sorgen. Dafür-bin-ich-ja-da. Aber warum sollte man Jura in Barcelona studieren? Um für Temperamentsausbrüche gewappnet zu sein? Andererseits hatte er auch vier Jahre Film studiert, um jetzt Friseusen und Automechaniker für eine Daily Soap zu casten.

»Und für welche Ablösesumme?«, fragte Wetzel.

Sie sahen ihn ratlos an. Nur der Gastgeber starrte die ganze Zeit auf seinen Plattenschrank, als habe er da eine Leiche versteckt. Keiner lachte. Das war nicht sein Abend. Das war nicht seine Runde. Das war nicht seine Stadt. In München lag jetzt bestimmt Schnee.

»FC«, sagte Wetzel in ihre ahnungslosen Gesichter. »FC Barcelona. Könnte ich einen Schnaps haben?«

»Vor dem Fisch?«, fragte Anna.

»Genau, Beate«, sagte Wetzel und beendete ihre gemeinsamen Berliner Jahre gleich hier. »Wusstet ihr, dass Anna eigentlich Beate heißt? Sie nennt sich aber Anna, weil das besser klingt.«

»Grappa hätte ich«, sagte Lunkeberg. »Amaretto. Ramazzotti.« Er dachte an die Drupi-Platte in seiner Diskothek. Gianna Nannini hatte er auch. Er hätte eine italienische Nacht ausrichten können.

»Grappa«, sagte Wetzel.

»Fisch muss schwimmen. Ich nehme auch einen. Und ich denke, Beate könnte ebenfalls einen vertragen. Oder Beate?«, sagte Cathrin.

»Be-ate«, sagte sie.

Wetzel überlegte, ob er den Abend in diese Richtung forcieren sollte. Es zog ihn an die Bahnsteigkante, aber es tat ihm jetzt schon um Anna Leid. Sie sah aus, als würde sie gleich weinen. Künftig war er mit den Seifenopergesichtern allein in dieser seelenlosen Stadt. *Fisch muss schwimmen.* Cathrin kam bestimmt aus Berlin. Ach, Anna. Der Winter war noch so lang. Diese furchtbare Musik zerrte in seinen Ohren. Der SPD-Heini stand nicht nur auf Hausschuhe im Kühlschrank, er hatte ein Pearl-Jam-Konzert eingelegt, das er selbst mitgeschnitten hatte. Lunkeberg hatte es angekündigt, als moderiere er den Rockpalast.

Es war Heiligabend. Wetzel hätte gern ein paar kitschige Weihnachtslieder gehört.

»Was haltet ihr davon, wenn wir nach der Bescherung ein bisschen was spielen«, fragte Cathrin.

»Gute Idee«, sagte Wetzel. Er hoffte, dass er mit Anna zusammenspielen würde. Und er hoffte, dass sie gewinnen würden.

»Übrigens das Essen. Toll, Fränk.«

Alle nickten und hofften, dass diese grauenvolle Musik bald zu Ende war. Keiner wusste, dass Lunkeberg dann eine finnische Streichergruppe auflegen würde, die Metallica-Songs nachspielte.

Anderthalb Stunden. Oliver von Ottlewski hatte in den letzten anderthalb Stunden nicht mehr gesagt als zwei-

mal »Toll«. Beim ersten Mal war es der Kommentar zum Fisch gewesen. Beim zweiten Mal der Kommentar zum Dessert. Und jetzt sahen ihm alle zu, wie er sein Julklapp-Geschenk auspackte. Er konnte beim besten Willen kein drittes »Toll« folgen lassen. Aber in seinem Kopf tobten lauter Tolls. Er war voll davon. Vielleicht lag es daran, dass er Werbechef in einem Verlag war. Es war gewissermaßen sein Beruf, Dinge toll zu finden.
Er wickelte langsam sein Geschenk aus.
Er hatte die Wohnung toll gefunden, die Gegend, er hatte den Salat toll gefunden, den Wein und diesen beleuchteten Eisenbaum auch. Es war nicht die ganze Wahrheit, aber er fand den Eisenbaum auch nicht hässlich. Er hatte eher keine Meinung. Das Einzige, von dem er wusste, dass er es hier nicht mochte, war die Musik. Im Augenblick lief die Zweite von drei AC/DC-CDs aus einer Bonfire-Box. Bon Scott krähte in die Heilige Nacht. Von Ottlewski hatte den Namen des Sängers heute Abend zum ersten Mal gehört und wusste nun auch, dass die Gruppe aus Australien stammte. Lunkeberg hatte eine Art Kurzvortrag gehalten, bevor er die Erste CD einlegte. Bonfire, am Heiligen Abend.
Oliver von Ottlewski nestelte vorsichtig am Geschenkband, blickte noch einmal auf und schaute in die Runde. Er war der Letzte. Die anderen hatten ihre Geschenke bereits ausgepackt. Lunkeberg war offenbar von seiner Frau beschenkt worden. Er hatte eine knallrote Schlaghose bekommen und sie auf ihren Wunsch bereits angezogen. Unten die knallrote Hose, oben ein oranges Klatschkragenhemd. Lunkeberg sah aus, als sei er von einem Kind zusammengesetzt worden. Ca-

thrin hatte das Buch »Mein Berlin. Ein alternativer Reiseführer« bekommen. Diese Beate-Anna auch. Sie hatten gelächelt. Bei Cathrin hatte noch eine Freikarte für den Berliner Zoo mit dringelegen, bei Beate ein rotes Basecap, auf dem stand »Ick steh uff Berlin«. Die Bücher stammten aus seinem Verlag. Die Mütze auch. Die Zookarte war Isabels Entscheidung gewesen. Er fragte sich, was eigentlich »sein« Berlin war. Er wusste es nicht. Er hatte keine Lieblingsplätze in der Stadt, keine Lieblingsrestaurants, nichts. Er fand Berlin weder toll noch schrecklich. In Wahrheit hätte »sein« Berlin auch Hamburg sein können. Gregor hatte eine Literflasche Jack Daniels bekommen. Vermutlich von Anna, die ihn ja am besten kannte. Auch er hatte sein Geschenk schon probiert. Isabel hatte eine Kurt-Schumacher-Biographie geschenkt bekommen, wofür es zwei Erklärungen gab. Entweder hatte Lunkeberg sie in letzter Minute aus dem SPD-Propagandakeller geholt, weil die Geschäfte schon zu hatten. Oder irgendjemand hatte Isabel mit Lunkeberg verwechselt. Sie kannten sich kaum. »Oh, ein Buch«, hatte Isabel gesagt. Er hätte sie am liebsten in den Arm genommen. Jetzt lag die Biographie wie ein Wackerstein auf dem Tisch.

»Na dann wollen wir doch mal gucken«, sagte von Zelewski. Seine Stimme klang brüchig. Als habe er Jahrzehnte in der Einöde zugebracht, zum Schweigen verdammt. Seine ersten Worte: »Na dann wollen wir doch mal gucken.«

Er holte eine kleine Schachtel aus dem Papier, in der Schachtel lag ein Kuvert, in dem Kuvert lag ein 100-Mark-Schein. Er nahm ihn heraus, drehte ihn hin

und her, in der Hoffnung, dass irgendetwas Besonderes an diesem 100-Mark-Schein sein könnte. Vielleicht war irgendwo eine Nachricht versteckt. Was Individuelles. Irgendetwas, dass zu ihm passen könnte.
»Und?«, fragte Wetzel.

Die sechs saßen an einem weiß gedeckten Tisch. Sie waren feierlich angezogen, die Frauen waren schön.
Sie sahen mich nicht. Ich stand auf der anderen Seite der Straße im Wohnzimmer meiner Eltern hinter der Gardine und wäre gern bei ihnen gewesen.
Meine Mutter war über einem alten Fotoalbum eingeschlafen, ihr Mund stand offen. Es roch nach kaltem Essen, Tabak und Alte-Leute-Medizin. Mein Vater rauchte eine Zigarre am ausziehbaren Tisch, auf dem kleine Gläser mit seinen Tabletten standen. Die bunten Kugeln und die Kerzen des Weihnachtsbaums spiegelten sich im Fernseher, wo eine Volksmusiksendung lief. Die Zeit stand still, nicht mal der Baum nadelte. Ich schaute durch die gelben Gardinen hinüber in das helle, klare Zimmer.

Das Los

Småland, Dezember 1990

»Aber du kommst heute Nacht wieder.«

»Ja.«

»Morgen ist Heiligabend.«

»Ja, Liebling.«

»Hör auf damit.«

»Womit?«

»Liebling. Nenn mich nicht Liebling, um mich loszuwerden. Warum musst du uns ausgerechnet in unserem ersten Urlaub allein lassen?«

»Es ist nicht unser erster Urlaub.«

»Wenn du die FDGB-Urlaube mitzählst, dann nicht. Warum beantwortest du meine Frage nicht?«

»Welche Frage?«

»Warum du im Urlaub arbeitest.«

»Um Urlaub machen zu können. Es ist ein interessanter Kunde. Er will Sägen. Russische Kettensägen. Hundertfünfzig SK 350 vielleicht. Da würde ich 15 Mark die Säge verdienen. Damit hätten wir das Haus hier drin.«

»Es ist bereits bezahlt. Kannst du nicht einmal etwas genießen?«

Ronald Kluge stöhnte leise. Die Genussfrage stand. Er hatte die falsche Einstellung zum Leben, er war nicht lässig genug, er war der Kettensägenmann, der nur ans Geld dachte. Hundertfünfzig SK 350. Wahrscheinlich würde sie ihm gleich vorwerfen, dass er zu deutsch war.

Kluge blieb stehen, was ihn Mühe kostete, denn es wurde langsam dunkel und es schneite. Sein Magen zog sich zusammen, er wollte los. Sie kamen immer wieder an diesen Punkt. Sie stellte ihm Grundsatzfragen, wenn er in der Tür stand. Liebst du mich eigentlich noch? Warum wolltest du eigentlich Kinder? Wer glaubst du eigentlich, wer du bist? Fragen, in denen das Wort »eigentlich« vorkam. Er wollte jetzt los. Er wollte nicht nass werden und nicht krank, mehr Geheimnisse gab es im Moment nicht. Die ganze Wahrheit konnte er ihr sowieso nicht sagen. Er sah sie an. Flehend. Lass mich gehen. Sie schaute zu Boden. Es schneite.

Sie standen vor dem rotbraunen, schwedischen Holzhaus, das sie 1 300 Mark gekostet hatte, für zehn Tage. Das waren drei Viertel des Monatslohns, den ihm dieser halbseidene Typ zahlte, bei dem er seit einem halben Jahr arbeitete. Ein ehemaliger Arbeiterjugendsekretär der FDJ-Bezirksleitung Gera, der jetzt Import-/Exportgeschäfte mit der Sowjetunion machte. Achim.

Kluge fragte sich, warum man mitten in diese Landschaft ein Haus baute. Es gab hier nichts zu tun. Er hörte, wie sich die Kinder stritten. Es gab einen uralten

Fernseher, der nur ein krissliges, schwedisches Programm ausstrahlte. Seit einer Stunde lief eine Talkshow mit drei alten Herren, die sehr langsam sprachen. Obwohl sie kein Wort verstanden, hatten sie den Fernseher erst mal laufen lassen. Fernsehen beruhigte seine Kinder, aber jetzt begriffen sie wohl, dass die drei Männer nicht mehr verschwinden würden. Oder dass neue langsam sprechende Männer erscheinen würden, wenn diese aufhörten. Männer ohne Pistolen. Im Ferienhauskatalog hatte »TV« gestanden, er hatte angenommen, dass es auch ein oder zwei deutsche Programme geben würde. Schweden ist ein deutsches Urlaubsland, hatte die Frau im Reisebüro gesagt. Vor einem Jahr war die Mauer gefallen, aber die Ostberliner Reiseverkäuferinnen sagten bereits solche Sätze. Schweden ist ein deutsches Reiseland. Im Katalog hatte auch Kamin gestanden, obwohl nur eine Kamin-Attrappe vorhanden war. Er hatte sich den Kamin angesehen, es gab keinen Abzug.
»Und?«
»Ja?«
»Ach nichts. Komm bitte schnell zurück.«
Hol uns hier raus, stand in ihren Augen. Es war deine Idee, Weihnachten und Silvester in dieser Einöde zu feiern.
Letztes Jahr war es seine Idee gewesen, Silvester am Brandenburger Tor zu feiern. Ein Knaller hatte ihr die erste Westjacke ihres Lebens ruiniert.
Sie hatten keinen Weihnachtsbaum, weil er es albern gefunden hatte, einen Weihnachtsbaum auf dem Dachgepäckträger nach Schweden zu transportieren. Es war

albern, mit einem Baum durch schwedische Wälder zu fahren. Ein Baum auf der Fähre, womöglich fuhr er sogar in sein Mutterland zurück. Fünf Stunden zwischen Matrosen, die Witze machten über Landeier, die Bäume spazieren fuhren, das hätte er nicht ertragen. Außerdem besaßen sie keinen Dachgepäckträger. Es war allerdings auch traurig, keinen Weihnachtsbaum zu haben, mitten im Wald. Und Agnes wusste noch nicht mal, dass die Gans, die sie mitgebracht hatten, nicht in diese schwedische Holzhausbackröhre passte. Er hatte es vorhin ausprobiert, als sie die Sachen ausräumte. Es war eine polnische Gans, und sie passte nicht annähernd. Er hatte immer angenommen, dass die Größe der Backröhre mit der Abgeschiedenheit der Häuser zunehmen würde, aber dies hier war eine Wachtelbackröhre.

»Komm Agnes, wenn ich zurück bin, mach ich ein schönes Feuer, ja?« Noch eine Lüge.

Er sah sich schon vor dem toten Kamin kauern. Sie würden die Gans vorher zerschneiden müssen. So viele Enttäuschungen.

Sie sah ihn traurig an.

»Wird schon«, sagte er.

»Hör auf damit. Ich bin kein Kind.«

Im Haus zerbrach etwas. Es klang wie Porzellan, wahrscheinlich würde es noch teurer werden als 1 500 Mark. Der Mann, bei dem sie den Schlüssel abgeholt hatten, sah nicht aus wie ein Spaßvogel. Kluge überlegte, wie er wohl auf den Satz »Wissen Sie denn nicht, dass Schweden ein deutsches Urlaubsland ist« reagieren würde.

Agnes ging hinein, zog die Tür zu, Ronald Kluge stand noch einen Augenblick im Schneetreiben. Es gab keine guten Abschiede mehr. Seit Jahren nicht mehr. Immer wenn er dachte, sie kämen sich näher, er könne in Frieden ziehen, machte er einen Fehler. Er lief zum Auto. Er fror, er spürte ein leichtes Kratzen im Hals. Manchmal war es Einbildung.

Es hatte stark geschneit. Slenske war 120 Kilometer entfernt. Er würde mindestens zwei Stunden brauchen.

Er brauchte drei.

Es war kurz nach sieben, als er den schmalen Weg fand, der nach Slenske führte. Es sah anders aus, damals war es Sommer gewesen, und er war gelaufen.

Es war sechseinhalb Jahre her. 1984 war er hier angekommen, im Juli.

Der Bus von Vaxjö hatte an der Abzweigung gehalten. Kluge war die letzten sieben Kilometer zu Fuß gegangen. Komischerweise war ihm das nicht als Zumutung erschienen, obwohl er damals schon Doktor war. Doktor für Landmaschinenbau. Er hatte über den Einsatz von Notstromaggregaten bei der Heuernte promoviert. Es hatte ihn ins Ministerium gebracht, wo er dann allerdings für Forstwirtschaft zuständig war. Er hatte zweieinhalb Jahre Nadelwald/Südthüringen gemacht, dann hatte Hans-Joachim Kowalski, den sie immer Skandinavien-Kowalski nannten, Krebs bekommen, und Kluge durfte plötzlich nach Schweden fahren. Er würde nie vergessen, wie Agnes reagiert hatte, als er mit der Nachricht nach Hause gekommen war. Schweden. Sie sah ihn an wie ganz am Anfang, als sie sich kennen lernten. Er hatte wieder Geheimnisse. Mein Mann fährt nach Schweden. Er war 31 gewesen, man konnte nur bei ungünstigem Licht erkennen, dass er Haare verlor. Bei Oberlicht, wie es auf der Ministeriumstoilette im dritten Stock schien. Heute war es keine Lichtfrage mehr. An seinem Hinterkopf war eine pampelmusengroße kahle Stelle zu sehen, und hinter einem einsamen streichholzschachtelgroßen Büschel über seiner Stirn leuchtete ein rosiger Halbmond. Heute war er 37 und sah aus wie Mitte 40. Schweden hatte seinen Zauber verloren. Kluge hatte keine Geheimnisse. Er bekam keine andere Frau mehr.

Einen Kilometer vor dem Ort stand immer noch der Flachbau der Mineralwasserfabrik, daneben das Sägewerk. Dann wurde der Weg schlechter. Slenske schien in den letzten sechseinhalb Jahren irgendwie noch kleiner geworden zu sein. Es gab sechs Häuser und das Hotel Krone mit der gewaltigen, gekiesten Einfahrt. Die Einfahrt stammte aus Zeiten, in denen Slenske ein berühmtes Kurbad gewesen war. Man konnte von der Bahnstation auf einer breiten Kurpromenade mit der Kutsche ins Hotel Krone fahren. Das war um die Jahrhundertwende gewesen. Seit 20 Jahren gab es hier keine Bahnstation mehr. Die Züge donnerten auf ihrem Weg nach Stockholm durch, die Kurpromenade war zugewachsen, das Hotel Krone war auch schon lange nicht mehr richtig weiß, eher gelblich. Wie die Haare sehr alter Menschen.

Eine kräftige, hohe Figur in einem dunklen Lodenmantel und einer Fellmütze stand im Eingang. Es musste Schmidt sein. Aus der Halle leuchtete rötliches

Licht. Kluge parkte den Wagen, er schlitterte leicht auf dem Schneebett. Schmidt streifte sich einen Handschuh ab und gab ihm eine warme Hand. Er sah ihn aus müden Augen an. Kluge lächelte traurig, er war umsonst hier.
Schmidt sah nicht aus wie ein Gewinner.
Sie gingen in die Lobby, die mit roter Samttapete ausgeschlagen war. Es roch muffig, ein paar alte elektrische Heizkörper glühten am Fußboden gegen die Kälte, an der Wand hinter der kleinen Rezeption hingen Schnappschüsse von Prominenten der 50er- und 60er-Jahre. David Niven, Gina Lollobrigida, Liselotte Pulver, Curd Jürgens, Roger Moore. Schmidt hatte ein kleines Fischlokal auf Sardinien gehabt, bevor er einer blonden Schwedin hierher gefolgt war. Sie hatte immer an diesen Ort geglaubt, von dessen Pracht ihr ihre Großmutter erzählt hatte. Sie musste eine überzeugende Frau gewesen sein, jedenfalls hatte Schmidt seine gesamten Ersparnisse in das alte Kurhotel gesteckt. Kluge hatte das damals nicht verstanden und begriff es jetzt noch viel weniger. Was sollte eine Totenstadt mit so einem Nobelhotel.
»Das Haus war schneeweiß, als Linda und ich es eröffneten«, hatte ihm Schmidt immer wieder erzählt. »Schneeweiß.«
Wenig später hatten sie bei Linda Schmidt eine dieser unaussprechlichen Muskelschwächekrankheiten festgestellt. Schmidt hatte sie zehn Jahre lang gepflegt. Ein halbes Jahr bevor Kluge auftauchte, war sie gestorben. Schmidt hatte das Hotel vernachlässigt, er konnte sich keine Angestellten leisten und keine Werbung, die Gäste

blieben aus. 1984 war das Hotel praktisch tot. Schmidt schien es nur noch mechanisch weiterzuführen. Vielleicht weil es ein Traum seiner Frau gewesen war.
Kluge war die meiste Zeit mit zwei alten Damen allein im Hotel gewesen. Manchmal kamen Radwanderer und blieben über Nacht.
Das Hotel Krone war billig, und es lag mitten im Wald, was günstig war, denn Dr. Ronald Kluge sollte den schwedischen Markt für eine neuartige Entmoosungsmaschine aus dem Landmaschinenkombinat Fortschritt testen. Er hatte kein Auto, und der schwedische Markt war kompliziert. In den 70er-Jahren war die Forstwirtschaft des Landes in viele einzelne kleine Forstkooperativen aufgeteilt worden, weswegen es nicht möglich war, mit einem großen Partner ins Geschäft zu kommen. Es war uneffektiv für große westliche Firmen und somit ein Fall für die DDR. Ein Fall für Dr. Kluge. Es gab keinen konkreten Plan, Schweden war groß, Skandinavien-Kowalski hatte sich immer nur um Norwegen gekümmert. Kluge fing erst mal im Süden an.
Mit seinem Musterkoffer lief er stundenlang durch die schwedischen Wälder. Selbstverständlich trug er einen Anzug, schließlich war er Abgesandter eines Ministeriums der DDR. Die Forstarbeiter sahen ihn an wie eine Erscheinung, wenn er verschwitzt, aber aufrecht zwischen den Bäumen auftauchte. Er verteilte Prospekte für die neuartige Entmoosungsmaschine und Handzettel mit einer schwedischen Übersetzung. Er streute seine Visitenkarten unter die Waldbevölkerung, ein Missionar, der abends erschöpft in sein Hotelbett fiel.
Nach einer Woche fragte ihn Walter Schmidt beim

Abendbrot, was er denn so treibe. Schmidt war Siebenbürge, er sprach Deutsch mit rollendem R wie die Menschen in der Lausitz, und nach zwei Wochen im Wald fühlte sich Kluge halbwegs vom Geheimnisschutz entbunden. Er erzählte alles. Die restlichen anderthalb Wochen fuhr ihn Walter Schmidt in seinem Jeep zu den Forstbetrieben. Auf den Fahrten redete er ständig von seiner Frau und dem schneeweißen Hotel. Kluge schwieg und ließ sich fahren. Schmidt brauchte einen Zuhörer, Kluge brauchte einen Fahrer.
Als alle Prospekte verteilt waren, reiste Dr. Kluge zurück.
Er erfuhr nicht, ob seine Mission Erfolg gehabt hatte. In Berlin wurde er sofort in den Bereich Rekultivierung Oberlausitz versetzt und durfte nie wieder in den Westen reisen. Kowalski war tot, es gab jetzt einen Skandinavien-Fricke. Kluge war bis zum Untergang der DDR Kohlen-Kluge. Er erfuhr nie, was seine kurze Karriere als Reisekader beendet hatte. Manchmal dachte er, eine der beiden alten Damen aus dem Hotel habe verraten, dass er zu Schmidt in den Geländewagen gestiegen war. Schmidt verdächtigte er nie.
Kluge hatte allerdings keinen Grund, seiner West-Erfahrung nachzutrauern. Er hatte geschwitzt und war von Mücken zerstochen worden. Er war kein politisches Opfer.
Er hatte sein Tagegeld gespart, weil Agnes ihm seinen Koffer mit Zervelatwurst und Zwieback gefüllt hatte. So konnte er seiner Frau eine Jeanshose mitbringen, die ihr nicht passte, und seinem Sohn Schokolade und zwei Matchboxautos. Er hatte noch zehn Mark übrig

gehabt, als er aus Schweden wegfuhr. Von dem Geld hatte er zwei Lose der Lotterie gekauft. In jenem Sommer gab es einen riesigen Jackpot, mehrere Millionen Kronen. Die Ziehung war an einem Sonntag, er fuhr am Donnerstag davor. Er gab Walter Schmidt den Schein und bat ihn um Diskretion. Es wäre sein Ende als Ministeriumsbeamter gewesen. Sechseinhalb Jahre. Er hatte oft an das Los gedacht.

Dr. Roland Kluge war nicht hier, um russische Kettensägen zu verkaufen. Er war hier, um zu überprüfen, ob er Millionär war. Ob ein neues Leben anfing. Auf der Fahrt hatte er an den Roman gedacht, den er vor kurzem gelesen hatte. Ein Mann beobachtete, wie seine Stammkneipe von einem einstürzenden Berg begraben wird. Alle vermuten ihn unter den Trümmern, denkt der Mann. Auch seine Frau und seine Kinder denken, er sei tot. Es ist die Chance seines Lebens. Er setzt sich in sein Auto, fährt ans andere Ende des Landes und beginnt nochmal von vorn.

»Du hast jetzt ein Auto«, sagte Schmidt, als er die Tür zum Speisesaal öffnete.

»Ja. Leider fallen mir dafür die Haare aus.«

Schmidt hatte ein Feuer im Kamin angemacht. Ein Tisch war gedeckt, ein Lüster brannte. Kluge setzte sich. Schmidt verschwand in der Küche, dann erschien er mit einer weißen Schürze und trug das Essen auf. Es gab Lachs und Bratkartoffeln.

»Du hast dir solche Mühe gemacht«, sagte Kluge.

»Du bist mein erster Gast seit einem halben Jahr.«

»Oh«, sagte Kluge. Kein Berg würde über seinem alten Leben zusammenbrechen.

»Möchtest du Musik hören?«, fragte Schmidt.
Nein, sagte Kluge, er fühlte sich jetzt sehr müde.
Schmidt öffnete eine Flasche Wein. Sie prosteten sich zu.
»Auf ...«
»Auf Schweden«, sagte Kluge.
Der Wein schmeckte sauer.
»Wie es hier geht, siehst du ja«, sagte Schmidt. »Es ist alles beim Alten. Das kleine Café am Brunnen hat vor drei Jahren zugemacht. Seitdem ist es noch ruhiger geworden. Es könnte besser gehen, aber ich bin nicht unglücklich, weißt du. Ich warte auf ein Wunder.«
»Ein Wunder?«, fragte Kluge.
»Ja. Wie bei euch. Ihr habt die Kommunisten gestürzt, was?«
»Mehr oder weniger. Ich verkaufe russische Motorsägen. Irgendwie bin ich auch im Holzgeschäft geblieben. Keine Ahnung, wie lange das noch gut geht. Mein Chef ist ein ehemaliger Funktionär. Meine Frau hat keine Arbeit mehr. Wir machen das erste Mal Urlaub. Sie wartet mit den Kindern auf mich. Es geht so. Wir können reisen, weißt du.«
»Du hast jetzt zwei Kinder? Damals hattest du nur einen Sohn, oder?«
»Ja, Sascha. Er ist jetzt zehn. Wir haben noch eine Tochter bekommen. Sie ist vier. Lola.«
»Schöner Name. Lola.«
»Ja. Sie langweilen sich. Es gibt kein deutsches Fernsehen hier.«
»Nein«, sagte Schmidt kurz. Und nach einer kurzen Pause: »Sag mal, ist Ceausescu wirklich tot?«

»Soweit ich weiß, ja.«
»Und seine Frau?«
»Die auch.«
»Gut«, sagte Schmidt und trank sein Glas in einem Zug aus.
Sie aßen schweigend. Kluge überlegte, ob Schmidt vielleicht eine etwas bessere Kommunistensturzgeschichte erwartet hatte. Er kannte keine. Das Ehepaar Honecker lebte noch, und Dr. Kluge hatte keinen einzigen Kommunisten gestürzt. Er hatte in seinem Kohlenklugezimmer gesessen, bis sie ihn rauswarfen. Er hatte Haare verloren, mehr war nicht passiert. Er war kein guter Zeitzeuge. Er hatte sich schon ziemlich weit aus dem Fenster gelehnt, was die Ceausescus anging. Er hatte auch nur die Fernsehbilder gesehen.
Schmidt holte Kaffee und Apfelkuchen.
»Warum verkaufst du das Hotel nicht einfach und gehst in den Süden zurück?«, fragte Kluge.
»Ich kann nicht«, sagte Schmidt.
»Warum nicht?«
»Weil ich noch nicht fertig bin.«
Kluge verstand nicht, er überlegte, ob er nach dem Los fragen sollte, traute sich aber nicht. Er hätte es am Telefon machen können, aber er dachte, dass es eine persönliche Sache gewesen wäre. Also hatte er nur gesagt, dass er zufällig in der Nähe sei und am 23. Dezember vorbeikommen könne. Er hatte das Haus gebucht, das am dichtesten an Slenske lag. Die Reiseverkäuferin hatte ihn sicher für einen erfahrenen deutschen Schwedenurlauber gehalten. Jetzt wusste Kluge, dass es eher

eine Sache fürs Telefon gewesen war. Er hätte sich die Fahrt sparen können. Drei Stunden zurück und es schneite immer noch.
Der Kuchen war eiskalt. Das Kratzen im Hals war keine Einbildung gewesen. Er wurde krank. Sie hatten sich nichts zu sagen. Er hatte ausgerichtet, dass Siebenbürgen frei war, jetzt musste er nur noch den Apfelkuchen aufessen, dann könnte er gehen.
»Das waren schon Zeiten«, sagte Kluge.
»Ja«, sagte Schmidt. »Einen Schnaps?«
»Nein ich muss noch fahren«, sagte Kluge. »Autos haben nicht nur Vorteile.«
Fünf Minuten später stand er auf, Schmidt half ihm in den Mantel und brachte ihn nach draußen.
»Nur noch eine Frage«, sagte Kluge.
Die beiden Männer sahen sich an wie vor einem Duell.
»Weißt du eigentlich, ob irgendjemand eine von unseren Maschinen gekauft hat?«
»Ja, ich hab damals in der Gegend rumgefragt. Es sind sechs verkauft worden. Jedenfalls weiß ich von sechs.«
»Nicht schlecht. Gar nicht schlecht. Das wäre in jedem Jahr eine«, sagte Kluge und lachte.
»Das habe ich mir auch gedacht«, sagte Schmidt und klopfte ihm zum Abschied auf die Schulter.

Es war kurz nach eins, als Dr. Roland Kluge auf das kleine Ferienhaus zurollte. Er hatte die ganze Fahrt über Weihnachtspopsongs gehört. Die Rückfahrt war schneller gegangen, er war guter Dinge. Seine Frau saß im Wohnzimmer mit einem Glas Rotwein.
»Machst du den Kamin an?«, fragte sie.

Sechs Entmoosungsmaschinen, dachte Kluge. Nicht schlecht.

Walter Schmidt stieg mit einer Flasche Champagner aus dem Keller. Es war die zweite in dieser Nacht, aber was hieß das schon. Er hatte lange auf diesen Abend gewartet. Sechs Jahre lang. Die Flasche ploppte auf, er goss den Champagnerkelch voll und prostete dem Porträt seiner Frau zu, das er auf den Tisch gestellt hatte. Schmidt schaute ins Feuer. Er spürte keine Reue. Kluge hatte nicht gefragt. Er hatte für den Mann getan, was er konnte. Jedes Jahr zu Weihnachten eine Maschine. Nicht schlecht, hatte Kluge gesagt. Schmidt lächelte. Er war frei.

»Und Ceausescu ist auch tot, Linda«, sagte er.

Småland, Dezember 1999

Eleonore Halmstad fand Walter Schmidt am Montagmorgen hinter der Rezeption. Er war dort eingeschlafen. Sie sah gleich, dass er tot war. In ihrem Alter hatte man einen Blick dafür. Eleonore Halmstad war eine der beiden Damen, die das Hotel Krone noch regelmäßig besuchten. Sie waren Schmidts letzte Stammgäste. Die Frau stand einen Moment lang vor dem Mann, der friedlich unter den Prominentenfotos lag. Vor ihm stand das Bild seiner blonden Frau. Er hatte viel mit ihr geredet in den letzten Jahren. Eleonore Halmstadt beneidete ihn um diese Liebe und auch um seinen sanften Tod. Sie war aber auch froh, dass sie ihn entdeckt

hatte und nicht ihre Freundin Carla. Sie hatte die Geschichte. Es war ein kleiner Triumph einer Frühaufsteherin. Sie räusperte sich. Dann rief sie so entsetzt sie konnte: »Carrrlla!«
Walter Schmidt hatte ein bisschen Geld auf einem Sparkassenkonto, mit dem er seine Beerdigung geregelt haben wollte. Es war gerade so viel, dass es reichte. Er wurde am 29. Dezember neben seiner Frau Linda begraben. Zur Beerdigung kamen zwei alte Paare aus dem Ort, die beiden alten Damen und die junge Frau, die das Café am Brunnen betrieben hatte. Schmidt war 74 Jahre alt geworden, und der Redner betonte, wie tragisch es doch sei, dass er die nahe Jahrtausendwende nicht mehr erleben durfte. Er war aus Vaxjö angereist und hatte Schmidt nicht gekannt.

Småland, April 2000

Der Kies knirschte, als ein kleiner Lieferwagen vor dem Hotel Krone hielt. Fünf Männer in blauen Overalls stiegen aus, sie brachen die Siegel, schlossen das Hotel auf und öffneten alle Fensterläden. Licht durchströmte das Hotel, als habe es lange darauf gewartet. Die Männer inspizierten die Räume. Es war eigentlich alles in einem erstaunlich ordentlichen Zustand. Die Möbel waren abgehängt. Eine neue Heizung müsste eingebaut und die Bäder renoviert werden. Im Keller fanden sie sechs ungetüme Maschinen, von denen sie nicht wussten, was man damit anstellen konnte. Offenbar hatte das auch der alte Herr nicht gewusst, der das

Hotel betrieben hatte. Die Maschinen waren alle noch verpackt. Sie ließen sie erst einmal stehen und begannen mit der Arbeit. Zuerst sollte das Haus gestrichen werden. Das war zwar nicht gerade fachmännisch, aber so stand es in ihrem Auftrag, der ihnen in einem Kuvert zugeschickt worden war. Es lag ein großer Scheck drin, der am 24. Dezember 1990 ausgestellt worden war, und eine Liste konkreter Anweisungen. Zuerst das Haus streichen, hatte ihr unbekannter Geldgeber verlangt. Es sollte weiß werden.
Schneeweiß.

Kleine Tänzer

In der Garderobe standen fünf Stühle. Auf jedem Stuhl lag ein Kleiderhaufen, obenauf die Bärte. Es war nie von Bärten die Rede gewesen, aber vielleicht waren Bärte nicht schlecht. Niemand würde sie erkennen.
Lindemann schloss die Tür. Zulu würde sofort abhauen, wenn er die Kostüme sah. Er hatte ihn überreden müssen, hier aufzutreten. Das Geld war das einzige Argument gewesen, und die Bärte würden ihn daran erinnern.
Lindemann sah sich auf die Schuhe, er trug Cowboystiefel. Er war immer noch ein Cowboy, er würde seinen Bart tragen wie ein Staubtuch. Er grinste in den breiten Garderobenspiegel. Springsteen sang Weihnachtslieder, Paul McCartney sowieso, aber auch John Lennon. Weihnachten war Rock ’n’ Roll. *Santa Claus is coming to town.* Es waren nur die verklemmten Deutschrocker, die sich so was nicht vorstellen konnten. Leute wie Zulu. Notfalls würden sie ohne Bass spielen. Die besoffenen Tablettenverkäufer würden das sowieso nicht mitkriegen.

»Tablettenverkäufer«, sagte er leise.
In letzter Zeit redete Lindemann vor sich hin. Er war 36, in zehn Jahren würde er schreiend durch die Stadt rennen.
Lindemann blätterte in der Broschüre von berlinpharma, die auf dem Garderobentisch lag. Berlinpharma hatte 428 Beschäftigte in Berlin, sie hatten neue Werke in Polen und Ungarn gebaut, sie waren der drittgrößte Schmerztablettenproduzent Deutschlands und verkauften die meisten Schwangerschaftstests in Europa.
Es klopfte an der Garderobentür, ein abwesendes, flatterndes Klopfen.
»Schwangerschaftstest«, murmelte Lindemann, als die Tür aufging.
»Bitte?«, fragte Frau Brodersen. Frau Brodersen war die PR-Dame von berlinpharma.
»Ja?«, fragte Lindemann.
»Haben Sie nicht gerade was gesagt?«
»Nein«, sagte Lindemann.
»Ach Herr Lindemann, es ist so schön, dass Sie hier sind«, sagte sie.
»Ja«, sagte er. Er dachte an Zulu und zeigte auf die fünf Kleiderhäufchen. »Wir haben nie über Bärte geredet, Frau Brodersen.«
»Weihnachtsmänner tragen Bärte, Herr Lindemann.«
»Wir sind keine Weihnachtsmänner.«
»Natürlich nicht«, sagte Frau Brodersen und lachte. Sie lachte wie sie klopfte, dachte Lindemann. Flatternd und abwesend.
»Wollen Sie anmoderiert werden?«, fragte Frau Brodersen.

Lindemann schwieg, Hoffnungslosigkeit breitete sich in ihm aus. Seine Augen wurden feucht. Er könnte Frau Brodersen fragen, ob sie auch Antidepressiva herstellten bei berlinpharma.

»Herr Lindemann?«

»Ja.«

»Dr. Dombrowski hat Ihre CD gehört. Er war begeistert. ›Ewig nicht geseh'n‹ ist sein Lieblingslied«, sagte Frau Brodersen.

Ewig nicht geseh'n, wir ham uns ewig nicht geseh'n
wir blieben heute einfach steh'n
ließen die andern weitergeh'n
wir ham uns ewig nicht geseh'n
Und sind uns immer treu

Immer treu.

Sie lächelte.

»Wer ist Dr. Dombrowski?«, fragte Lindemann.

»Der Geschäftsführer von berlinpharma. Er würde Sie anmoderieren«, sagte sie.

Lindemann fühlte sich wehrlos.

»Er war in seiner Jugend Discjockey, er moderiert bei uns gelegentlich den Betriebsfunk. Er hat eine gute Stimme«, sagte Frau Brodersen.

»Wir kommen einfach auf die Bühne und fangen an. Wir brauchen eigentlich niemanden, der uns anmoderiert. Aber sagen Sie Dr. Dombrowski vielen Dank, ja?«, sagte Lindemann.

»Wunderbar«, sagte Frau Brodersen. Sie trug ein dunkelblaues, enges Kostüm wie einen Panzer, ihre Haare hatte sie straff nach hinten gebunden, auf der linken Wange klebte ein kleiner silberner Weihnachtsstern,

auf der rechten ein roter. An ihrer Kostümjacke steckte ein rotgrünes Plasteschild mit ihrem Vornamen. Petra.
»Sie spielen sechs Titel, zehn Minuten Pause, dann vier, Umziehpause, dann die Weihnachtslieder?«
»Ja.«
»Zwei Weihnachtslieder, englisch?«
»Ja«, sagte Lindemann. Zwei Weihnachtslieder, englisch, klang wie vier Nicki, kurzärmlig. Er dachte an die Wäscheliste, die ihm seine Mutter früher fürs Ferienlager gemacht hatte. Damals, als er noch weich war und voller Ideen.
Raff kam. Raff war der Schlagzeuger.
»Die Bärte tragen wir nur ganz zum Schluss«, sagte Lindemann. Ein federleichtes Fragezeichen schwebte hinter dem Satz wie ein Seepferdchen.
Frau Brodersen sah ihn einen Moment verträumt an. Sie hatte ihm nicht zugehört.
»Anschließend ist Disco. Sie fangen um 21.00 Uhr an. Direkt nach der Jongliernummer«, sagte Petra Brodersen.
»Es gibt Jongleure?«, fragte Raff.
»Einen Jongleur. Er ist vom russischen Staatszirkus«, sagte Frau Brodersen.
»Ach so«, sagte Raff. »Is' Catering?«
»Selbstverständlich«, sagte Frau Brodersen. »Sie sollen sich ja wohl fühlen. Ich werde mal losmachen. Ich muss mich um die Tombola kümmern, die Reden und das Essen.«
Lindemann starrte in den Spiegel. Tombola, Reden, Essen. Von Jongleuren war nie die Rede gewesen. Vielleicht gab es auch Bären. Wo war das Ende? Bei weißen

Elefanten? Bei der CSU? Er hatte den Zeitpunkt zu widersprechen verpasst, lange schon. Er dachte an Zulu.
»Wann können wir den Soundcheck machen?«, fragte er. Er wollte noch irgendetwas sagen, das mit ihrer Arbeit zu tun hatte, bevor sie verschwand. Er war kein Kleinkünstler. Sie waren eine Band. Sie waren immer noch eine Band. Sie trugen einen Bandnamen. Achtzehn Jahre lang war ihr Name Windspiel gewesen, seit einem Jahr hießen sie ZLG. Weil Zulus Freundin Irina fand, dass es »metallischer« klang und nicht so »müslihaft« wie Windspiel. Lindemann war sich sicher, dass sie aus ihnen gern eine Art Rammstein gemacht hätte. Z stand für Zulu, L für Lindemann, G für Grundstein. Grundstein war ihr Gitarrist. Raff hatten sie nicht mit reingenommen, weil Irina fand, dass der Bandname dann zu konsonantenlastig wurde. ZLRG hat keinen Druck, hatte sie gesagt. Außerdem wussten sie alle, dass es Raff egal war, ob er mit seinem Initial im Bandnamen auftauchte oder nicht. Raff hatte keine Ambitionen.
»In einer halben Stunde«, sagte Frau Brodersen und machte die Tür auf, um zu gehen.
Vor der Tür stand ein Mann, der aussah wie ein Sportlehrer bei der Hofaufsicht. Er trug einen blauen Anorak, Silastiktrainingshosen und braune Straßenschuhe. Er hatte zwei Perlonbeutel in der Hand, aus einem ragten die Stiele von silbrig glänzenden Keulen. Er machte den Eindruck, als stünde er schon lange vor der Garderobentür.
»Unsere Vorgruppe«, sagte Lindemann.

»Jut Lindi, sehr jut«, sagte Raff und lächelte nervös. Sein Gesicht glänzte.

Der Jongleur schaute ängstlich.

»Herr Kersakow! Es ist so schön, dass Sie hier sind. Doktor Dombrowski hat Sie neulich mit seinen Kindern im Zirkus gesehen. Er war hingerissen«, sagte Petra Brodersen.

»Spreche kein Funkel Deutsch«, sagte Kersakow.

»Wunderbar«, sagte Frau Brodersen. »Ich zeig Ihnen Ihre Garderobe.« Sie nahm den russischen Akrobaten an die Hand und machte die Tür zu.

Drei Minuten später kam das Catering. Raff trank schnell ein Bier und dann noch eins, dann band er sich den Bart um und trank das dritte Bier. Drei Bier in zehn Minuten, er würde wieder die letzte Scheiße zusammentrommeln, dachte Lindemann. Vor zehn Jahren hätten sie ihn rausgeworfen. Vor zehn Jahren war ihr Klavierspieler überfahren worden. Raini. Sie hatten sich keinen neuen Organisten geholt. Aus Prinzip nicht.

Zulu kam wie immer exakt zehn Minuten zu spät. Es entsprach genau seiner Vorstellung von Verspätung. So wie der Name Zulu seiner Vorstellung von Exotik entsprach. Er hieß Lutz Zuckowski. Zulu plante jede Extravaganz. Er war der Beamte in der Band. Zulu hatte die akkurateste Rastafrisur, die sich Lindemann vorstellen konnte. Sein Basskoffer glänzte, seine Stiefel auch. Zulu war ein Ordnungsfanatiker, ein Kontrollfreak. Er wollte selbst bei Interviews für Antenne Brandenburg die Fragen eine Woche vorher wissen. Zulu fuhr einen Opel Astra Kombi, den er neu gekauft

hatte. Er hatte Schonbezüge über den Sitzen. Er hatte den Aschenbecher mit vier schwarzmatten Kreuzkopfschrauben zugeschraubt. Es freute ihn, wenn man daran rüttelte, wenn man sich fast die Fingernägel abbrach, um den Ascher aufzubekommen.
Lindemann und Zulu hatten die Band im letzten Schuljahr gegründet, sie kannten sich seit über zwanzig Jahren. Anfangs hatte Lindemann gedacht, dass sie so was wie Jagger und Richards werden könnten, ein kreatives Gespann. Es bestand ein Druck zwischen ihnen. Aber eigentlich hatte Lindemann immer nur Angst vor seinem Bassspieler gehabt. In den meisten Selbstgesprächen rechtfertigte er sich vor Zulu.
»Was ist das?«, fragte Zulu.
»Bärte«, sagte Lindemann. »Fünf Bärte.«
»Das ist einer zu viel«, sagte Zulu.
»Ja«, sagte Lindemann. »Vielleicht ist der Fünfte für den russischen Jongleur, der vor uns auftritt. Soweit ich weiß, gibt es aber keine Tiere, nur den Jongleur.«
»Keine Tiere«, sagte Zulu.
»Hör zu, Zulu. Wir kriegen 10 000 Mark für die Mugge. Dafür binde ich mir gern einen Bart um. Wenn du nicht willst, teilen wir das Geld durch drei. Auch gut. Wir spielen zehn Songs, zwei davon mit Bart, dann stecken wir das Geld ein und gehen. Das ist der Deal.«
»Deal«, sagte Zulu.
Ihr ganzes Leben lang ging das schon so. Zulu schien das Gefühl zu haben, durch die bloße Wiederholung von Lindemanns Worten alles zu sagen, was zu sagen war. Lindemann hatte keinen kreativen Partner, er hatte ein Echo.

Aber Zulu blieb wenigstens. Sie hatten einen Bass. Raff öffnete das nächste Bier.
»In fünf Minuten ist Soundcheck«, sagte Lindemann, nahm sich seinen Bart und klemmte ihn sich in die Arschtasche seiner Jeans, als wäre er das Basecap von Bruce Springsteen.
Der Saal war flach und lang. Es standen etwa fünfzig Viermanntische drin, auf jedem lag ein rotweißgrünes Tuch und ein kleines Gesteck. In den Fenstern hingen Lichterketten, sodass man die Fabrik dort draußen vergessen konnte. Es roch nach Punsch, nach Wurst und nach Seife. Es gab eine Bühne, auf der sechs Weihnachtsbäume standen, mehrere Säcke, ein bisschen Tontechnik und das Schlagzeug. Über dem Schlagzeug hing ein Spruchband: »Frohe Weihnachten allen Mitarbeitern von berlinpharma.«
Die Nüchternheit dieses Spruches beruhigte Lindemann. Niemand erwartete eine Überraschung von ihnen. Sie mussten nicht »Kommet Ihr Hirten« singen. Sie würden »I wish it could be Christmas everyday« von Roy Wood spielen und »Christmas must be tonight« von The Band. Das ging. 10000 Mark, 5000 Euro. Es war fünf Uhr nachmittags, in sechs Stunden war alles vorbei.
Sie kletterten auf die Bühne. Am anderen Ende des Saals erschien Grundstein mit einem Mann in einem dunkelblauen Zweireiher und beigem Rollkragenpullover. Grundstein hatte seine Gitarre in der einen Hand und eine Plastetüte von berlinpharma in der anderen. Wahrscheinlich hatte er gerade Kopfschmerztabletten für zwanzig Jahre eingesackt. Grundstein war prak-

tisch veranlagt. Er hatte eine kleine Ausflugskneipe in Neuenhagen bei Berlin, er hatte fünf Taxis und zwei Zeitungskioske in Schöneiche und Rahnsdorf und war an einer Dachdeckerfirma in Fredersdorf beteiligt. Sie konnten alle vier nicht von der Band leben. Sie hatten in diesem Jahr sechsundzwanzig Auftritte gehabt, heute war der siebenundzwanzigste. Silvester würde der achtundzwanzigste sein. Zulu gab Gitarrenstunden, Raff half in der Flaschenannahme seines extra-Marktes, und Lindemann spielte am Schwedter Theater Gitarre und Akkordeon in schlecht besuchten Aufführungen, die er nicht verstand. Im Moment begleitete er dort das Melodram »Wie der Stahl gehärtet wurde«, das ein Bamberger Regisseur als Science-Fiction-Stück für drei Personen inszeniert hatte. Lindemann hatte in den letzten vier Jahren fünf neue Songs geschrieben, in diesem Jahr keinen einzigen. Die Melodien kamen nicht, sie kamen einfach nicht mehr. Er hatte neulich irgendwo gelesen, dass Paul Simon fünf Jahre auf einen Song warten musste. Das hatte ihn für einen Moment beruhigt. Aber wem sollte er das anvertrauen. Zulu würde einfach den Namen wiederholen. Paul Simon. Vielleicht zweimal. Paul Simon. Paul Simon.

Der Mann mit dem Rollkragenpullover war Dr. Dombrowski.

»Herr Lindemann! Ewig nicht gesehen«, rief er. Er hatte eine Stimme wie Dieter Kürten vom ZDF-Sportstudio, und er setzte sie ein. Eine Hitparadenstimme aus den siebziger Jahren. Von der drei rauf auf die zwei. ZLG und ihr »Ewig nicht geseh'n«. Ab dafür!

»Rainer Dombrowski«, sagte Dombrowski und drückte

ihm fest die Hand. Zulu zog sich zurück, wahrscheinlich hielt er das für rebellisch. Wer dem Direktor einer Arzneimittelfirma auf dessen Weihnachtsfeier nicht die Hand schüttelte, war schon Rock 'n' Roller. Bono traf sich mit Präsident Bush, dachte Lindemann. Auch ein Argument, das er höchstens im Selbstgespräch verwenden würde.

»Ich freu mich sehr, dass Sie da sind. Wir haben Ihre CD schon über den Betriebsfunk laufen lassen. Rauf und runter. Wir werden bestimmt viel Spaß haben. Ich denke, Sie haben ein gutes Publikum.«

»Schön«, sagte Lindemann.

Einen Moment lang dachte er, dass er sich nicht mehr bewegen könne, nie wieder. Wovon sollte ein Lied handeln, das er schrieb? Er lebte allein, er hatte jetzt eine Mikrowelle und einen kleinen Küchentisch mit zwei Stühlen, der an dem schmalen Fenster zum Hinterhof stand. Dahinter fuhr die S-Bahn von der Prenzlauer zur Schönhauser Allee. Wenn er in Schwedt war, schlief er im ehemaligen Gästehaus des Petrolchemischen Kombinats auf einem Bett, das schon für ihn allein zu schmal war. Seine alten Songs liefen in der Produktionshalle von Deutschlands größtem Schwangerschaftstestproduzenten und ein Mann wie Dieter Thomas Heck machte ihm Mut. Er erlebte nichts, worüber er Lieder schreiben konnte. Er sorgte sich nicht genügend um den Weltfrieden, und er hatte sich seit zehn Jahren nicht mehr verliebt.

Er war unfruchtbar, nichts entstand in ihm. Wer mit ihm zusammen war, brauchte keinen Schwangerschaftstest. »Ewig nicht geseh'n« war ein Scheißlied,

das auch Wolfgang Petri hätte schreiben können oder Matthias Reim. Es war seine Hymne.
Aus dem Hallenbauch näherte sich Frau Brodersen mit kleinen, klackenden Schritten. Sie flatterte an Herrn Dombrowski heran wie einer dieser Vögel, die den Krokodilen die Speisereste aus den Zähnen picken.
»Wunderbar«, sagte sie.
Grundstein stellte die berlinpharma-Tüte vorsichtig neben seinen Mikrophonständer und hängte sich die Gitarre um. Zulu machte einen Basslauf. Raff rülpste und ließ sich in sein Schlagzeug fallen.

Noch zwei Weihnachtstitel. Sie standen unschlüssig vor den Stühlen mit den Bärten in der Garderobe. Lindemann fühlte sich, als müsse er nackt auf die Bühne. Nur noch zwei Titel. Sie hatten ihr Programm durchgespielt, die meisten Gäste der Weihnachtsfeier hatten gar nicht gemerkt, dass es eine Band gab. Sie hatten einfach weitergeredet. Es waren viele Vertreter da, die sich sonst nie sahen. Noch zwei Titel. Raff hatte sein fünfzehntes oder zwanzigstes Bier in der Hand, er schwankte leicht. Lindemann sah sie alle im Spiegel an. Ein Dachdecker mit einer Gitarre, ein depressiver Sänger, ein rechthaberischer Bassist und ein alkoholkranker Schlagzeuger. Vielleicht hatte Raini Glück, als vor zehn Jahren der Hinterreifen seines Motorrads platzte. Grundstein band sich den Bart um. Dann Raff.
»Wie ZZ Top«, sagt Raff.
»ZZ Top«, sagte Zulu und nahm sich seinen Bart. Lindemann war der letzte Weihnachtsmann. Ein Bart blieb liegen.

Sie liefen in die schnatternde Halle zurück. Man hörte den Alkohol jetzt. Wenn sie eben überhaupt jemand wahrgenommen hatte, so hatte er in der Pause vergessen, dass es eine Band gab. Er sah Rainer Dombrowski, den großen Fan von »Ewig nicht geseh'n«, am Cheftisch, der der Bühne am nächsten stand. Dombrowski erzählte irgendwas mit seiner summenden, brummenden Chartstimme. Die Leute neben ihm lauschten andächtig. Niemand sah nach oben zu ihnen, den ZLG-Weihnachtsmännern.

Lindemann fing an zu reden. Vielleicht war es eine Art Selbstgespräch, weil er nicht davon ausging, dass ihm jemand zuhörte. Ein Weihnachtsmann mit einer Gitarre, zehn vor elf auf der Weihnachtsfeier von Berliner Tablettenproduzenten.

»Wissen Sie, eigentlich wollte uns Ihr Herr Dombrowski anmoderieren. Und fast hätte ich gesagt, warum nicht, er hat eine gute Stimme, aber dann, äh, habe ich mir gedacht, er kennt uns ja gar nicht.«

Beim Namen Dombrowski wurde es etwas stiller im Saal. Er hätte ihn gern noch zweimal wiederholt, um für richtige Ruhe zu sorgen. Dombrowski! Dombrowski! Aber dafür reichte sein Mut nicht.

»Und so will ich Ihnen was zur Band sagen, bevor wir unsere letzten Lieder spielen.«

Er drehte sich zu seiner Band um. Grundstein lächelte ihn an, als wollte er ihm was verkaufen, Raffs Kopf schwankte leicht hinter seinem Schlagzeug, Zulu wischte einen unsichtbaren Fleck von seinem Gitarrenhals.

»Es war nicht einfach, sich diese Weihnachtsmannbärte

umzubinden, wissen Sie. Ich habe mir eingeredet, ich trage den Bart wie ein Cowboy sein Staubtuch, aber man kann einen Bart auf der Weihnachtsfeier einer Chemiefirma nicht tragen wie ein Staubtuch, das geht einfach nicht. Ich mach ihn jetzt ab«, sagte er.

Lindemann zog sich den Bart vom Gesicht. Ein paar Leute sahen ihn überrascht an, aber die meisten quatschten einfach weiter. Wahrscheinlich hätte er eine Bombendrohung machen können, ohne für Panik zu sorgen.

»Ich will jetzt einen Song singen, den ich selber mag. Er ist von unser ersten Platte. Damals hießen wir noch Windspiel und nicht ZLG. Wahrscheinlich ist es unsere beste Platte. Wir waren zu fünft damals, unser Organist ist bei einem Motorradunfall gestorben, und ich weiß nicht, ob er das hier mitgemacht hätte.«

Irgendjemand rief: »Spielt Ihr nu, oder wat!«

Ein paar Leute lachten. Dombrowski sah ihn irritiert an.

»Damals nannten wir unseren Gitarristen auch noch nicht Grundstein, sondern Grundi, weil niemand ahnte, dass ein Name wie Grundstein irgendwann mal cool klingen könnte. Das Gleiche gilt für meinen Namen. Ich bin Thomas Lindemann. Am Schlagzeug sitzt Tobias Rafort, den wir Raff nennen, seit wir uns ZLG nennen. Weil Raff, wie Sie sicher wissen, lautsprachlich für rough steht. Aber rough ist eigentlich nicht roh, und ich weiß auch nicht, ob ZLG metallisch klingt, wie die Freundin unseres Bassisten Zulu meint. Zulu heißt eigentlich Lutz, aber ihn haben wir schon Zulu genannt, als wir uns noch Windspiel nannten. Es ist ein bisschen verwirrend. Ich glaube, wir haben in den letzten Jahren zu sehr versucht, jemand anders zu sein. Ich habe vorhin darüber nachgedacht, ob wir als Zugabe ›Ewig nicht geseh'n‹ spielen, weil mir gesagt wurde, dass es das Lieblingslied von Herrn Dombrowski ist. Aber ehrlich gesagt bin ich mir nicht mehr so sicher, ob das stimmt. Und außerdem mag ich das Lied nicht und kenne Herrn Dombrowski nicht gut genug, um ihm einen Gefallen zu tun. Wir spielen noch zwei Weihnachtslieder, weil es im Vertrag steht, aber vorher würde ich gern noch ein Lied singen, das ich wirklich mag. Es heißt ›Komm zurück‹.«

Es war die längste Ansage seines Lebens gewesen. Lindemann konnte sich nicht erinnern, wann er das letzte Mal zu einem anderen Menschen so lange geredet hatte.

Er spielte die ersten Takte von »Komm zurück«. Er hatte es geschrieben als er zwanzig war. Er hörte Zulus Bass einsteigen, kraftvoller als am ganzen Abend, vielleicht kraftvoller als in den letzten fünf Jahren. Er drehte sich um, aber Zulus Gesicht war regungslos, Grundstein kaufte in Gedanken einen dritten Zeitungskiosk im Berliner Umland, Raff trommelte sich zurück in die Garderobe zum Catering.

Lindemann sang. Die Menschen im Saal fingen wieder an zu reden. Dombrowski sah immer noch erstaunt auf, aber nicht mehr zu ihm, sondern zu der einsamen Tänzerin, die sich in großen Bögen dem Bühnenrand näherte. Sie hielt die Arme wie zwei Tragflächen neben ihrem Körper und schwebte langsam auf sie zu. Ihre Kostümjacke spannte, war aber kein Panzer mehr. Ihre

Haare hatten sich ein bisschen gelöst. Er kannte dieses kleine glückliche Gesicht von früher, als im Publikum noch nicht die Businesskostüme spannten, sondern die Jeansanzüge. Sie hätte eines der Mädchen sein können, die in Windspiel-Zeiten am Bühnenrand rumhingen, lange nachdem das Konzert vorbei war.
Eine Petra, keine Frau Brodersen. Sie hatte ihnen die Bärte rausgelegt. Fünf Bärte, einer war übrig geblieben. Friedemann dachte an Raini, den Klavierspieler. Der fünfte Bart. Und während er sein eigenes altes Lied sang, hörte er im Kopf »Tiny dancer« von Elton John.
Pianoman he makes his stand
in the auditorium
looking on she sings the songs
the words she knows, the tunes she hums

Nachts um halb zwei saß Lindemann an seinem Küchentisch und trank Wein. Eine späte S-Bahn donnerte unter seinem Haus vorbei. Als es wieder still war, spürte er, wie sich in seinem Kopf ein Lied löste. Knirschend und schwerfällig, wie eine rostige Schraube.

Samstagsspiel mit Salinger

Noch 5 000 Meter bis Röbel. *I hope you die*, schrie die Bloodhound Gang aus den Boxen seiner Autostereoanlage. Er hatte hinten ein bisschen lauter gestellt, um ihnen einen Gefallen zu tun oder sich selbst. Er sah in den Rückspiegel. Die beiden Jungen regten sich nicht. Mit Papa Roach hatte er ganz gut gelegen. Er hatte die CD eingepackt, obwohl er sie nicht mochte. Die Band war ihm zu laut, und das Cover fand er eklig. Es zeigte eine Kakerlake in Nahaufnahme. Friedemann war ein Pop-Fan, wollte sich das aber nie eingestehen. Er hatte sein ganzes Leben lang Platten gegen seinen Geschmack und sein Alter gekauft. All dieses furchtbare Grunge-Zeug. Er besaß mindestens vier Pearl-Jam-CDs, aber er hatte nicht eine richtig gehört. Er mochte Pearl Jam nicht. Er mochte Elton John. Er hatte sich schon mit siebzehn gewünscht, Jimmy Hendrix gut zu finden oder Weather Report. Aber er fand Smokie gut und das Electric Light Orchestra.
»Oh, Papa Roach«, hatte sein Sohn gesagt.
Friedemann wäre gerne Discjockey geworden. Er hatte als Junge auf dem Klo die Top-Ten aus der »Melodie

und Rhythmus« oder der »Jungen Welt« mit der Stimme von Jürgen Jürgens aufgesagt. Jürgens war sein großes Vorbild als Chartaufsager. Kagagoogoo. Friedemann liebte es, Kagagoogoo zu sagen. Spandau Ballet war noch besser. Und auf drei, rauf von sieben: Spandau Ballet! Er hatte eine gute Hitparadenstimme gehabt, wie er fand. Aber die hatte niemand anders zu hören bekommen als er selbst.

Sebastian hatte hinten zu Papa Roach mit dem Kopf gewackelt, sein Freund nicht. Es war ein stiller blonder Junge mit misstrauischen braunen Augen. Friedemann hatte ihn noch nie gesehen, es war sicher irgendeiner von Sebastians vielen flüchtigen Freunden. Der Junge musterte alles. Er hatte den Wagen geprüft, bevor er einstieg, er hatte sich reingebeugt und geschnüffelt. Es roch nach Leder in Friedemanns Wagen, er fuhr einen 320er-BMW mit Lederausstattung. Ein schöner Wagen, ein Nichtraucherwagen mit Klimaanlage und CD-Spieler. Damit konnte er wahrscheinlich keinen 15-jährigen Jungen beeindrucken. Aber Papa Roach war ein halbwegs guter Anfang gewesen. Dann hatten sie eine trostlose halbe Stunde mit Greenday verbracht. Keine Regung auf der Rückbank. Kein »Oh, Greenday!« von seinem Sohn, kein Wippen. Nichts. Er hätte schwören können, dass sie auf so was standen. Sie fuhren zum Fußball, und das war doch Fußballmusik. Aber sie zuckten nicht. Sie tanzten nicht. Er trommelte auf dem Lederlenkrad rum wie ein Animateur.

Die Die Die Die Die Die Die Die Die Die Die Die.

Zwölfmal *Die* von der Bloodhound Gang. Auf der Rückbank keine Reaktion.

Noch tausend Meter bis Röbel-Mirow. Er war mal in Mirow gewesen, als er so alt war wie die beiden Jungen. Sein Freund Schulle und er waren mit dem Mokick zum Zelten gefahren. Es hatte die ganze Zeit geregnet, sie hatten in dem Zweimannzelt »Fichtelberg« gelegen wie Wasserleichen. Es hatte durch die goldfarbenen Metallringe getropft, in die die beiden Zeltstangen mündeten. Vorne und hinten. Alles war nass und kalt. Schulle hatte ein paar Packungen Salzstangen mitgehabt, wahrscheinlich hatte er sich das Zelten gemütlicher vorgestellt. Nach einer durchregneten Nacht waren die aufgequollenen Salzstangen über den Zeltboden getrieben, wie kleine Baumstämme. Das war das Signal gewesen, wieder abzuhauen. Sie wussten beide nicht, was sie auf dem Zeltplatz machen sollten, sie hatten bestimmt an Mädchen gedacht. Salzstangen knabbern mit Mädchen in einem engen Zelt. Sie hatten nie darüber geredet. Friedemann hatte seine Eltern ein halbes Jahr bekniet, allein mit seinem Freund zelten fahren zu dürfen, dann war er vier Tage früher zurückgekommen. Er würde nie den Blick seines Vaters vergessen, als er in der Tür stand. Ein Irgendwas-stimmt-mit-dem-Jungen-nicht-Blick. Mirow war ein Vorgeschmack auf viele trostlose Urlaube seines Lebens gewesen. Es hatte nicht immer geregnet, aber er hatte selten gewusst, was er eigentlich tun sollte.
»It's hard to rhyme a word like vagina«, hieß es gerade in einem Song der Bloodhound Gang. Was, um Himmels willen, war das für eine Platte?! Er sah nach hinten. Wahrscheinlich hatte sich sein Vater früher so ge-

fühlt, wenn im Samstagabendfilm plötzlich eine Frauenbrust zu sehen war. Er wollte so was nicht mit seinem Sohn teilen.

Vagina Vagina Vagina Vagina Vagina Vagina Vagina Vagina.

Achtmal *Vagina* im Refrain. Es war Ostersonnabend, und die Jungen waren Kinder. Sie waren ein Jahr jünger als er und Schulle damals gewesen waren. Er traute sich nicht mehr, in den Rückspiegel zu gucken. Er wurde rot. Er war 36 und wurde rot. Hörte man irgendwann auf, rot zu werden? Er wusste es nicht. Er hatte auch gedacht, dass man irgendwann aufhören würde, Pickel zu bekommen, aber er bekam immer noch Pickel. Er konnte die CD nicht mitten in diesem Lied rausnehmen. Zwei Titel noch, dann aber würde er Billy Joel einlegen. Sollten sie doch denken, was sie wollten. Andererseits hatte er auch Blur mit. Und Soundgarden.

»Papa.«

»Ja?«

»Dahinten ist ein McDonald's.«

»Ja.«

»Wir haben Hunger.«

Es waren die ersten vollständigen Sätze, die im Wagen gesprochen wurden, seit sein fünfzehnjähriger Sohn und der maulfaule Freund eingestiegen waren. WIR HABEN HUNGER. Friedemann fühlte sich wie ein Chauffeur, wie ein Dienstbote.

»McDonald's«, fragte er so spöttisch wie möglich.

Sie schwiegen, es war ja alles gesagt.

Die Jungen luden sich die Tabletts voll. Es kostete fast 40 Mark, was er viel fand. Er selbst hatte eine Spar-

packung mit Cheeseburger und Cola Light genommen. Den billigsten Posten der gesamten Bestellung. Er fragte sich einen Moment, ob die Mutter des Jungen ihm vielleicht Taschengeld für den Ausflug nach Rostock mitgegeben hatte, zahlte dann aber. Sie aßen schweigend. Sie hatten kein Interesse aneinander, aber die Jungen konnten damit leben. Das war der Unterschied.
»Gehst du auch aufs Gymnasium?«, fragte er den blonden Jungen. Er hatte den Namen vergessen.
»Ich?«
»Ja.«
»Ja.«
»Und was willst du mal werden?«
Sein Sohn sah ihn vorwurfsvoll an.
»Keine Ahnung.« Der Junge biss in seinen Big Mac. Es roch nach Zwiebeln und Desinfektionsmitteln.
»Wir mussten ja immer schon mit zwölf in Fragebögen reinschreiben, was wir mal werden wollten«, sagte Friedemann.
Die Jungen kauten. Sebastian hatte zwei Big Macs bestellt. Zwei. »Er ist im Wachstum«, hätte seine Frau gesagt. Er wurde fett, das war alles. Er wuchs in die Breite. Der Junge wollte Schauspieler werden. Er würde den lustigen Dicken spielen. Friedemann zog einen Hoss Cartwright groß. Die Entschlossenheit und das Selbstbewusstsein seines Sohnes waren ihm fremd. Das musste er von seiner Mutter haben. Friedemann war nicht entschlossen, er hatte keine Meinungen. »Keine Ahnung« war ihm als Antwort näher. Der blonde Junge hatte auch zwei Big Macs geholt, war aber nicht der Typ, der dick wurde.

Friedemann war ganz froh, dass sie ihn nicht fragten, was er damals in die Fragebögen geschrieben hatte. Er hatte es vergessen.
»Woher kennt ihr euch eigentlich?«
»Skilager«, sagte Sebastian. Die Jungen sahen sich an und lachten. Wahrscheinlich gab es irgendeine Geschichte, an die sie dachten. Sie würden sie nicht erzählen, er fragte nicht.
»Ich bin ja ein schlechter Skifahrer«, sagte Friedemann.
Sein Sohn sah ihn gelangweilt an.
»Und wo wohnst du?«, fragte Friedemann den anderen Jungen.
»Rummelsburg.«
Ein Geruch von Braunkohle zog Friedemann durch den Kopf. Braunkohle, Dunst, die Straßenbahn. Betrunkene, ein Kraftwerk. Rummelsburg war eine komische Gegend, manchmal fuhr er vorbei, sie hatten vor kurzem bunte Häuser hingebaut, die scheußlich aussahen, aber als interessant galten.
Sie aßen wirklich alles auf. Sebastian wollte noch einen Nachtisch. Er gab ihm fünf Mark. Friedemann blieb mit dem blonden Jungen allein am Tisch.
»Und was machen deine Eltern?«
»Mein Vater, weiß nicht, Taxifahrer, glaube ich. Er ist weg. Meine Mutter ist Verkäuferin.«
»Was verkauft sie?«
»Bücher«, sagte der Junge. »Müssen wir nicht langsam weiter?«
Friedemann sah auf die Uhr, es war noch eine knappe Stunde bis zum Spiel. Der Junge hatte Recht. Sein di-

cker Sohn näherte sich mit einem Milchshake und einem warmen Apfelkuchen.
Sie hatten einen Strafzettel. Friedemann nahm ihn vom Scheibenwischer, er sah sich ratlos um. »Behindertenparkplatz«, sagte der blonde Junge ruhig. Friedemann hätte ihm den zerknüllten Zettel gern an den Kopf geworfen.
In Rostock wusste er nie, welche Abfahrt er nehmen musste. Er erinnerte sich, dass man an einer vorbeifahren musste, von der man denken könnte, dass es schon die Richtige sei. Wenn man zu weit fuhr, landete man am Hafen. Damit war wenig anzufangen.
Sie hörten Blur. Es war ein einziger guter Song auf der Platte, fand er. Es gab immer nur ein gutes Lied pro Platte bei Blur, er hatte drei Alben. Irgendwas steckte in seinem Kopf. Rummelsburg, Bücher, die Augen, Rummelsburg. Er sah in den Rückspiegel. Er suchte die Augen des Jungen.

Friedemann war in die falsche S-Bahn gesprungen. Sie fuhr nach Mahlsdorf, er musste nach Köpenick. Er stieg Nöldnerplatz aus und lief das Stück nach Rummelsburg rüber. Er fühlte sich nicht schlecht, er hatte ein Kopfballtor gemacht. Er machte sonst nie Kopfballtore. Sein Schienbein tat weh, aber es ging. Es war ein warmer Abend, aus den Kneipen lachten Leute. Eine komische Gegend war das. Angeblich sollten hier die entlassenen Knastis Wohnungen bekommen. Er fand das ungerecht, sie lebten selbst zu dritt in anderthalb Zimmern. Aus einer Eckkneipe kam ein betrunkenes Paar. Sie schwiegen, so wie man

kurz vor dem ersten Kuss schweigt. Es war viertel elf, seine Frau wartete bestimmt schon auf ihn. Friedemann zögerte und ging dann schnell in die Kneipe. Sie war voll und warm. Er kaufte sich eine Schachtel Cabinett bei dem dicken glatzköpfigen Wirt, bestellte ein Bier und sah sich um. Es musste eine der Knastkneipen sein. Alle waren betrunken, es gab wenige Zähne und viele Tätowierungen. Der einzige Tisch, an dem Platz war, stand neben der Tür. Eine dunkelhaarige Frau saß dort, die vielleicht Mitte zwanzig war. So alt wie er. Sie sah nicht aus, als käme sie aus dem Frauenknast, aber betrunken war sie auch. Es war frei.
»Ich bin so allein«, sagte die Frau.
Friedemann bereute einen Moment, nicht einfach am Tresen stehen geblieben zu sein, aber dann kam sein Bier. Er trank es in einem Zug aus und bestellte gleich ein neues. Der Wirt machte einen Strich auf den Bierdeckel, der schon feucht und krümelig war.
»Und warum?«, fragte Friedemann die Frau.
Nach fünf Minuten kannte er die Geschichte. Sie war Schuhverkäuferin im Exquisit in den Rathauspassagen, hatte ein Kind, keinen Mann, und er ahnte, dass er mitkommen konnte, wenn er ihr noch ein bisschen zuhörte. Eigentlich wollte er nicht, sein Schienbein schmerzte, und wenn er jetzt die Beine unterm Tisch ausstrecken würde, konnte er einen Krampf bekommen. Er war zufrieden. Sie bestellte noch einen Schoppen »Stierblut«. Sie hatten »Stierblut«, was ihn wunderte. Vielleicht gehörte das auch zu den Privilegien der ehemaligen Sträflinge. Er nahm noch ein Bier.

Es kam zusammen mit einem Paar, auf das seine Tischnachbarin eigentlich gewartet hatte, sie hatte es nur vergessen. Die Frau war in ihrem Alter, sie hatte faszinierende Haare. Sie waren verschieden blond, dunkler und heller, aber nicht so, als seien sie gefärbt. Wie ein Kornfeld sahen die Haare aus. Sie hatte braune Augen, ihre Nase war groß und ihr Mund auch. Sie lachte, es sah so aus, als lachte sie über ihre Freundin, aber es war kein hämisches Lachen. Sie bestellte ein Bier, ihr Begleiter nahm auch eins und einen Schnaps dazu. Er war älter, bestimmt schon dreißig, seine Nase war irgendwann mal gebrochen worden, er hatte hohe Wangenknochen und kleine Augen. Er sah gut, aber gefährlich aus, und er redete nicht.

Es war erstaunlich, dass er mit ihr im Kino gewesen war, um sich einen Film anzusehen, der »Der Klub der toten Dichter« hieß. Vermutlich weil das Wort »tot« vorkam. Sie fand den Film gut, Friedemann hatte er auch gefallen. Er sagte aber, dass er ihn zu kitschig fand. Vor allem die Schlussszene, als die Schüler von Robin Williams auf den Tisch stiegen. Er traute seinem Gefühl nicht. Sie lachte.

»Was war der letzte Film, der dir gefallen hat?«, fragte sie.

»Salvador.«

»Mmmh«, sagte sie, sie glaubte ihm nicht. Die Dunkelhaarige fasste ihn an den Arm, als wollte sie ihn markieren. Er fühlte sich geschmeichelt, das Bier wirkte. Der Boxer bestellte noch einen Schnaps und noch ein Bier. »Eine Einheit«, nannte er das. Friedemann dachte, dass sie vielleicht über was anderes reden sollten, über Sport vielleicht. Aber sie redeten weiter über Filme. Nur die blonde Frau und er. Der Boxer schwieg. Die Dunkelhaarige starrte in ihr Glas und rieb ihm ab und zu unterm Tisch auf dem Oberschenkel herum. Er spürte sein Schienbein nicht mehr. Ihr Gespräch schaukelte auf dem Stimmengewirr. Er trank weiter Bier, mehr Bier, als er normalerweise trank. Die Ränder verschwammen, er sah diesen großen, lachenden Mund, die verwirrenden blonden Haare. Sie trieb ihn vor sich her. Irgendwann fragte sie: »Was ist dein Lieblingsbuch?«

»Huckleberry Finn«, sagte er.

Er sagte die Wahrheit. Huckleberry Finn war sein Lieblingsbuch, aber er hätte das nie zugegeben, weil es wie ein Kinderbuch klang.

Sie sah ihn ernsthaft an.

Er sah sie an.

»Ich mag auch den ›Fänger im Roggen‹ sehr«, sagte er. Noch ein Kinderbuch. »Von Salinger«, fügte er altklug hinzu.

Sie nickte.

Sie saßen in einer Glasglocke mitten in der Knastkneipe. Jetzt lachten nur ihre Augen, ihr Mund nicht.

»Gehen wir«, sagte ihr Typ. Es klang nicht wie eine Frage.

Friedemann fühlte sich, als sei er geweckt worden.

»Warte doch«, sagte sie. »Ich habe hier noch nie jemanden getroffen, mit dem ich über Bücher reden kann. Bitte Lars.«

»Okay«, sagte Lars. »Ich gehe dann.« Er stand auf und ging langsam zur Tür, und dann war er weg. Sie blieb einfach sitzen und lachte Friedemann an.

»Hast du auch ›Franny und Zooey‹ gelesen?«, fragte sie.
»Auch von Salinger.«
Er schüttelte den Kopf. Er dachte daran, wie der Typ draußen auf ihn warten würde.
»Es ist besser als ›Fänger im Roggen‹, finde ich.«
»Kriegt man das?«, fragte er.
»Komm in die Buchhandlung am Tierpark, ich arbeite da. Wir heben immer ein paar Bücher auf. Für besondere Kunden.«
»Ich bin wohl nur eine doofe Schuhverkäuferin«, rief die Dunkle ärgerlich und riss ihr Weinglas um. Der Rotwein lief über den Tisch, ein bisschen tropfte auf seine Hose. Es war eine neue Wrangler, aber es störte ihn nicht so sehr.
Sie entschuldigte sich laut und rieb auf seiner Hose rum. Friedemann sah, wie Lars wieder in die Kneipe kam, um Zigaretten zu holen. Er sah nicht zu ihnen herüber.
»Ich glaube, dein Freund wartet«, sagte er. Er hoffte, dass es nicht ihr Freund war. Aber sie stand auf.
»Franny und Zooey«, sagte sie. »Tierparkbuchhandlung.«
Sie küsste ihre betrunkene Freundin auf die Haare und ging. Ihre langen buntblonden Haare tanzten durch den Rauch. Es war das Letzte, was Friedemann von ihr gesehen hatte.
Er brachte die betrunkene Schuhverkäuferin in ihre Wohnung und fuhr dann nach Hause.
Die Treppen vom S-Bahnhof Köpenick rannte er hinunter. Er tanzte fast.
Es war dreizehn Jahre her.

Während des Spiels sah er den Jungen an, als sei er und nicht der dicke Sebastian sein Sohn. Der Junge hatte die Züge der Frau. Manchmal schaute das Kind verunsichert zurück.
Sie gewannen 1:0 gegen Bochum. Das Tor fiel in der 47. Minute, die restliche Zeit wollten fast alle nur noch, dass es endlich vorbei sein würde. Es ging nur ums Gewinnen. Leider hatte er seinen Sohn zum Rostockfan gemacht. Er war sich nicht sicher, ob der blonde Junge Rostock mochte. Er trug den Schal wie einen Fremdkörper und sah misstrauisch auf den Platz. Er hätte gern den Namen gewusst. Als sie aus dem Stadion kamen, fragte er ihn, wo seine Mutter Bücher verkaufte.
»Am Tierpark«, sagte er.
Friedemann war nie in den Buchladen gegangen. Anfangs war er sicher, dass er gehen würde. Er wartete bloß auf den richtigen Zeitpunkt. Nicht so überstürzt, dachte er sich. Er wollte nicht zu gierig wirken. Er malte sich aus, wie er sagte: Ich bin wegen »Franny und Zooey« hier. Und sie dann sagte: Ich habe schon gewartet.
Irgendwann schien es ihm zu spät dafür. Zu aufdringlich. Er wusste nicht mehr, ob es so gemeint war, wie er es in Erinnerung hatte. Vielleicht hatte er geahnt, dass es eine Chance war, sein Leben zu verlassen.
Er fragte in allen anderen Geschäften nach dem Buch. Er lief die Buchläden der Stadt ab. Sie hatten es nirgendwo. Er kaufte stattdessen die »Neun Erzählungen«. Sie waren lakonisch, kühl. In einer Geschichte lackierte sich eine junge Frau die Nägel, während ihr Mann am Strand mit einem Kind spielt. Irgendwann kommt der Mann hoch ins Hotelzimmer und erschießt

sich. Er hatte später gehört, dass »Franny und Zooey« das Lieblingsbuch von Madonna war. Das hatte ihn gefreut, er hatte nochmal kurz an die blonde Frau gedacht, die es ihm empfohlen hatte. Aber die Kraft hatte nicht mehr ausgereicht, um sie lebendig zu machen.
Er mochte Madonna, aber er hätte das nie zugegeben.
Die CDs für die Rückfahrt holte er aus dem Kofferraum, wo er sie vor den Jungen versteckt hatte. »Out of the Blue« vom Electric Light Orchestra und »Making Movies« von den Dire Straits. Bei »Romeo and Juliet« sang er laut mit. *When you gonna realise it was just that the time was wrong, Juliet.*
Die Jungen schwiegen hinten.
Sebastian schien glücklich zu sein. Rostock hatte gewonnen. Friedemann sah das dicke, zufriedene Gesicht im Rückspiegel. Er dachte, dass er seinen Sohn ansah, wie sein Vater ihn immer angesehen hatte. Er konnte nichts dagegen tun.
Während er auf Berlin zufuhr, fügte sich eine andere Salinger-Geschichte in seinem Kopf zusammen. Es war die Jugenderinnerung eines Mannes. Er erinnerte sich an seinen Baseballtrainer in New York. Der junge, schöne Mann trainiert eine Gruppe von Jungen im Central Park. Bei schlechtem Wetter erzählt er den Kindern ein Märchen von einem Mann, der sein entstelltes Gesicht unter einer Maske verbirgt und Gutes tut. Er heißt der lachende Mann. Die Geschichte ist scheinbar endlos und spannend. Die Kinder vergöttern den Trainer. Er fährt sie im Bus zum Training, und eines Tages hängt das Bild einer jungen Frau vorn neben ihm im Bus. Es ist ein schönes Mädchen, und manche

der Jungen empfinden sie fast als Bedrohung. Sie fragen ihn, wer das sei, er sagt ihnen einen Namen, aber redet nicht weiter darüber. Eines Tages steht sie an der Haltestelle und wartet. Sie steigt in den Bus, es ist eines der drei schönsten Mädchen, an die sich der Junge, der die Geschichte erzählt, erinnern kann. Sie begleitet sie ein paar Mal zum Training, sie spielt auch mit, die Jungen beginnen sie zu lieben. Es werden die schönsten Trainingsstunden der Saison. Eines Tages macht sie nicht mit, sie sitzt auf einer Bank und schaut ihnen zu. Der Trainer geht nach dem Training zu ihr. Sie reden, der Junge kann nicht hören worüber, danach geht sie, und er sieht sie nie wieder. Es war ein trauriges Ende. Das Mädchen war weg, und Friedemann ahnte, dass man sie hätte aufhalten können.

»Soll ich dich nach Hause fahren?«, fragte Friedemann.

Der Junge nickte.

Friedemann fuhr traumwandlerisch nach Rummelsburg. Es wurde Frühling. Es war ein 30er-Jahre-Bau mit einem großen Hof in der Mitte. Sie wohnte im 2. Stock. Friedemann und sein Sohn liefen dem blonden Jungen hinterher.

»Mama«, rief der Junge, nachdem er die Tür aufgeschlossen hatte. Friedemann mochte es, dass er sie Mama nannte.

»Mama!«

Es war still. Sie war nicht da. Friedemann war froh, er wollte keine Enttäuschungen. Er trat in die Wohnung, lief dem Jungen hinterher. Es gab eine kleine quadratische Diele, drei Räume. Links war offenbar das Wohnzimmer.

Er stand in dem Zimmer und fragte sich, ob er sich hier wohl fühlen würde. Es gab viele Bücher. Das war gut. Sie waren nach Alphabet sortiert, das war weniger gut. Es war ein bisschen zu ordentlich, ein bisschen verspannt ordentlich. Der lustige Teppich in der Mitte des Holzfußbodens störte ihn. Der Holzfußboden war zu hell, zu neu. Aber es gab ein schönes Bild über dem Sofa. Es war ein Strandhaus, vor dem eine Frau mit Kopftuch stand, es sah aus wie eine Hopper-Reproduktion. Aber die Landschaft war mecklenburgisch. Er mochte das Sofa und den kleinen Ledersessel. Das Zimmer roch nach einem Parfüm, das er oft im Fahrstuhl seiner Firma roch. Auf der kleinen Panasonic-Anlage lag eine »The best of Simon & Garfunkel«-CD. Er mochte Simon & Garfunkel, aber er hätte die CD nie auf die Anlage gelegt. Schon gar keine »The best of«. Auf seiner Anlage lagen die Red Hot Chili Peppers, obwohl er die auch nie hörte. Man konnte sie gut aussprechen. Besonders das L in Chili. Von 22 rauf auf 11 die Red Hot Chili Peppers mit »My Friends«.
Er stand unentschlossen in dem Altneubauzimmer. Er hätte gern die anderen Räume gesehen und das Bad. Sein Sohn wirkte im Halbschatten des Flurs ungeduldig. Wahrscheinlich kam irgendwas im Fernsehen. Friedemann ging zu den Bücherregalen, er sah bei S nach. Sie hatte die »Neun Erzählungen« nicht, sie hatte den Fänger im Roggen, und sie hatte zwei Ausgaben von »Franny und Zooey«. Zwei alte DDR-Ausgaben. Eine war zerlesen, eine war unbenutzt. Er nahm sich die unbenutzte aus dem Regal und schlug sie auf. Die Seiten knackten noch.

»Papa«, rief sein Sohn.
Friedemann setzte sich mit seinem Buch in den kleinen Ledersessel. Es war gemütlich. Er würde hier noch ein bisschen warten. Er wollte noch nicht raus. Nur einen Moment.
Die beiden Jungen sahen ihn interessiert an.

Der Zeuge

Sie spürte den Widerstand. Auf dem Flurboden, gleich hinter der Wohnungstür, lagen drei dicke braune Umschläge. Sie trugen die Handschrift seines Anwaltes, oder der Sekretärin seines Anwaltes, was keinen Unterschied machte. Es war das Erste, was sie sah. Sie stieß wütend mit dem Fuß dagegen. Er hatte das sicher so gewollt. Sie schaute auf die Uhr. Sie konnte sich das Meer kaum noch vorstellen.

Sie schleppte die Reisetasche über den Flur, stellte sie vorm Bad ab. Im Spiegel sah sie ihre Bräune, was sie ein bisschen entspannte, aber nicht sehr. Ihre Haare sahen grauenvoll aus. Sie hatte nur noch den Montag, sie musste noch die Wäsche machen und Tanja von ihrer Mutter abholen. Dienstag ging alles wieder los. Zehn Tage Zypern. Sie bleckte die Zähne, schloss den Mund, bleckte die Zähne, schloss den Mund. In zwei Wochen würde auch die Bräune verschwunden sein.

Dieses Arschloch.

Susanne ließ Badewasser ein. Noch ein Bad hatte sie für sich allein.

Es war ein weiter Weg von Zypern nach Plänterwald,

wo ihre Mutter seit vierzig Jahren in einem Altneubauviertel wohnte. Ihre Mutter kam hier nicht mehr weg, das Viertel war so bockig wie sie.
Ein kalter Wind blies auf ihr braunes Gesicht, als sie aus dem Auto stieg. Ein alter Mann zog mit einem karierten Einkaufssackwagen an ihr vorbei, es war der Vater von Norbert Zäske, der zwei Schulklassen über ihr gewesen war. Zäsi hatten sie ihn genannt. Sie grüßte, er grüßte zurück, aber er erkannte sie nicht. Sie klingelte, dann lief sie langsam die Treppe hoch, die sie als Kind tausendmal gelaufen war. Fünfundvierzig Stufen bis zum dritten Stock. Da standen sie schon. Weder ihre Tochter noch ihre Mutter sah glücklich aus. Sie standen in der Tür, so als hätten sie zehn Tage auf sie gewartet. Vom ersten Augenblick an. Ihr Magen schmerzte, sie hätte Tanja mitnehmen sollen. Ja. Nein. Ja. Nein. Sie war erst dreiunddreißig. Es war Ostern. Sie musste auch mal allein sein. Sie hatte das alles hundert Mal gedacht, es führte zu nichts. Sie küsste Tanja. Ihre Mutter stand wie die böse Stiefmutter daneben. Es roch nach Lamm, tranig. Tanja hatte bestimmt schlecht gegessen. Lamm. Sie war so bockig. Susanne gab ihrer Mutter einen Leinenbeutel mit zwei Flaschen griechischem Wein. Eine rote, eine weiße, die Flaschen klimperten aneinander. Ihre Mutter nickte leicht.
»Na wie war's?«, fragte Susanne. Sie sahen blass aus, aber vielleicht war sie auch nur unnatürlich braun.
»Gut«, sagte Tanja und griff nach ihrer Hand. Sie wollte weg. Neben ihr stand ihr Rucksack und eine Tüte, in der sicher die Ostersachen waren. Sie hatten bestimmt

drinnen gesucht, im Wohnzimmer. Sie dachte an Schokoladenhasenohren, die hinter Gummibaumblättern hervorschauten.
»Kriegt Oma keinen Abschiedskuss?«, fragte Susanne und hasste sich dafür. Tanja marschierte wie ein Soldat auf ihre Großmutter zu und küsste sie.
»Tschüss Tanjachen«, sagte ihre Mutter, ohne das Mädchen anzusehen. Sie sah selten die Leute an, zu denen sie sprach.
»Tschüss Omi.«
»Susanne?«, sagte ihre Mutter. Sie standen im Treppenhaus. Susanne sah auf den schwarzweiß gefleckten Steinfußboden ihrer Kindheit. Sie hielt den Rucksack und die Schokoladentüte in der Hand, ihre Tochter hüpfte schon auf den Absatz zwischen zweiter und dritter Etage. Minus neun Stufen, machte noch 36. Ihre Mutter sah Tanja hinterher.
»Ja, Mama.«
»Frank hat angerufen.«
»Ja?«
»Er wollte wissen, warum du Tanja nicht auch ein bisschen mit in die Sonne genommen hast.«
»Und was hast du gesagt?«
»Dass ich es auch nicht weiß.«
So lange, wie sie mit Frank verheiratet gewesen war, hatte ihre Mutter an dem Mann herumgenörgelt, jetzt, wo sie sich getrennt hatten, schien sie ihn plötzlich zu mögen. Ihre Mutter rechnete ihm offenbar hoch an, dass er sie sitzen gelassen hatte. Wieso sollte es ihrer Tochter besser gehen als ihr. Susanne hoffte, dass sie nie eifersüchtig auf Tanja sein würde.

»Danke, Mama«, sagte sie und ging langsam die Treppen herunter.
»Stimmt doch«, rief ihre Mutter. »Soll ich lügen?«
Als sie ganz unten war, hörte sie einen letzten Ruf. »Es ist Ostern.«
Später fand sie eine Packung Mon Chéri in dem Schokoladenbeutel von Tanja und eine Karte: »Frohe Ostern, Susannchen. Mama.« Sie weinte wieder, in letzter Zeit weinte sie oft.
Als Tanja im Bett war, öffnete sie den ersten Umschlag. Es war das Übliche. Ihre Wohnung sei nicht angemessen geschnitten für die Wohnung einer Mutter mit Kind. Ihr Wohnzimmer sei zu groß, das Kinderzimmer zu klein. Die Terrasse sei gefährlich. Sie habe zu wenig Zeit. Sie habe bereits drei verschiedene Kinderfrauen verschlissen. Sie sei überfordert. Sie habe zwei Autounfälle verursacht, einen mit Tanja im Auto. Der Kindersitz sei nicht mehr angemessen für Tanjas Alter. Tanja sei in diesem Jahr bereits viermal zu spät zur Schule gekommen. Tanja wirke übermüdet und unkonzentrierter als früher. Auch sie, Susanne, sei mehrfach zu spät in der Agentur erschienen. Es war das Bild einer überforderten Frau, einer schlechten Mutter.
Es war, als beobachte er jeden ihrer Schritte.
Die Autounfälle waren zwei Beulen, die beim Einparken entstanden waren. Sie musste immer so hetzen. Bei einem Vermittlungstreffen, das sie ganz am Anfang hatten, habe sie drei Gläser Wein getrunken, schrieb er seinem Anwalt. Sie konnte sich nicht erinnern. Er hatte die Rechnung aufgehoben, kopiert und beigebracht. Am Ende hatte es ausgesehen, als habe sie einen Film-

riss gehabt. Ihre Anwältin hatte sie vorwurfsvoll angesehen. Auch der Zypernurlaub war schon aufgenommen. Punkt 33. Sie habe allein Urlaub gemacht, obwohl auch ihre Tochter Ferien hatte. Ihre Mutter sei 66 Jahre alt und mit der Erziehung eines neunjährigen Mädchens überfordert. Sie sei wegen psychischer Probleme vor zehn Jahren in den Vorruhestand gegangen, schrieb er. Er war unermüdlich. Sie überlegte, ob sie ein Glas Wein trinken sollte, aber vermutlich hätte ihn das gefreut.

Punkt 36 hieß »eheliche Verfehlungen«. Er erwähnte einen Freund, den sie verlassen hatte, als sie sich kennen lernten. Lange, bevor sie geheiratet hatten. Und David.

David.

»Die Beklagte ging ohne Wissen des Klägers eine langjährige intime Beziehung mit David Lorenz ein. Bereits früh erschütterte dies die Ehe des Klägers und der Beklagten. Es stellte einen erheblichen Vertrauensbruch dar. Beweis: Zeugnis des David Lorenz. Ladungsfähige Adresse wird nachgereicht.«

Sie holte sich ein Glas Wein.

Sie hatte David Lorenz vor zehn Jahren im Fahrstuhl eines kleinen Hotels in Hannover kennen gelernt. Er hatte eine schnell wachsende Computerfirma in Köln, die zum ersten Mal auf der CeBIT ausstellte. Sie war als Journalistin auf der Elektronikmesse und verstand nichts. Sie hatte versucht, einen Beitrag über einen Spracherkennungscomputer an verschiedene Sender zu verkaufen. Niemand hatte ihn genommen, sie hätte ihn

selber nicht genommen. Sie wusste nicht, worum es ging. Sie irrte durch die Messehallen und hatte eigentlich keine Fragen an die Aussteller. Sie schaltete ab, während junge Wissenschaftler in billigen Jacketts, schwarzen Jeans und bunten Krawatten ihr Sachen erklärten, die sie nicht interessierten. Sie kritzelte Wörter auf ihre Blöcke, die sie später nicht mehr lesen konnte, sie nahm O-Töne auf, die keinen Sinn ergaben.
Es war der dritte Messetag, sie hatte einen einzigen Beitrag an den Berliner Rundfunk verkauft. Er war 48 Sekunden lang gewesen und handelte vom ersten Geldautomaten, mit dem man Überweisungen machen konnte. Sie hätte auch diesen Beitrag nicht genommen.
Sie war Mitte zwanzig und wusste nicht mehr weiter.
Sie war am Ende, als sie den Aufzug betrat, in dem David stand.
Er war 30, Elektroingenieur und hatte die Firma mit einem Kumpel im letzten Studienjahr gegründet. Sie hatten zwei große Aufträge auf der Messe bekommen, mit denen er nicht gerechnet hatte.
Er hatte blonde Haare, rötliche Koteletten und trug keine schwarzen Jeans oder Krawatten mit lustigen Figuren. Er strahlte, sie fühlte sich wieder leichter, und sie wusste noch nicht mal, dass er auch Saxophon spielen konnte. Es waren nur vier Etagen. Sie lachten sich an. Als sie unten ausstiegen, fragte er sie, ob sie Zeit habe, und sie sagte ja, bevor er die Frage beendet hatte.
Sie gingen essen, zogen durch die Hannoveraner Bars und schliefen im Morgengrauen zusammen auf ihrem Zimmer ein.
Zu diesem Zeitpunkt lebte sie seit zweieinhalb Jahren

mit Frank zusammen. Sie hatten getrennte Wohnungen, sie wohnte in Prenzlauer Berg, er in Schöneberg. Sie teilten sich ihre Restaurantrechnungen und sahen sich am Wochenende manchmal Dachgeschosse in Berlin-Mitte oder Bauernhöfe in Brandenburg an. Abwechselnd nahmen sie dafür ihren lindgrünen Golf I oder seinen schwarzen Golf GTI. Frank war Anzeigenchef eines Berliner Verlages. Er hatte Angebote von zwei anderen Berliner Verlagen, denn er war gut. Er hatte dunkle kurze Haare, Susanne war immer mit dunklen Typen zusammen gewesen. Aber sie hatte ja auch immer gedacht, sie wäre eine Journalistin.
Sie fuhr am Tag, nach dem sie David kennen gelernt hatte, nach Berlin zurück und sagte Frank, dass sie ihn verlassen müsse. Sie stand ihm gegenüber und überlegte, was sie eigentlich aus seiner Wohnung mitnehmen müsste. Ihr fielen nur Kleinigkeiten ein. Es hätte sicher alles in eine Kaiser's-Tüte gepasst. Er sagte nicht viel, aber er hatte einen Zug im Gesicht, den sie später wieder sehen würde. Er war beleidigt. Sie fuhr in ihre Wohnung zurück und schlief sich aus.
Am Morgen beschloss sie, in eine PR-Agentur zu wechseln. Sie führte lange Telefongespräche mit David, und wenn sie nicht mit ihm telefonierte, dachte sie an ihn. Am Wochenende stand er vor der Tür.
Sie hatte ein bisschen Angst gehabt, dass er nicht so gut aussehen würde wie in ihrer Erinnerung, aber er sah sogar noch besser aus. Sie verbrachten vier wunderbare Tage zusammen. Sie schliefen, redeten, schliefen und gingen abends für zwei, drei Stunden in den kleinen Italiener in ihrer Straße, um etwas zu essen. Es war das

nächste Restaurant überhaupt. Sie entfernten sich immer nur ganz kurz von ihrer Wohnung, denn eigentlich war dies der Platz, wo sie sein wollten. Sie wusste jetzt, dass er Saxophon spielen konnte. Er wusste, dass sie nicht aus Berlin weg wollte. Sie beschlossen zusammenzuziehen. Sie redeten über Hochzeit und buchten am Tag, bevor er wieder nach Köln fuhr, eine zweiwöchige Reise nach Lissabon. Sie musste ja keinen Urlaub nehmen, und er war der Chef der Firma. In fünf Tagen sollten sie losfahren.

Am dritten Tag merkte sie, dass sie schwanger war. Sie ging zu ihrem Frauenarzt, es war der dritte Monat. Es war Franks Kind. Aus irgendeinem Grund hatte sie nicht daran geglaubt, schwanger werden zu können. Wahrscheinlich weil sie nie schwanger geworden war. Und vielleicht wollte sie auch deswegen das Kind behalten. Sie hielt es für einen Glücksfall.

Sie freute sich, als sie es David am Telefon sagte. Sie würden ein Kind haben. Er schwieg, und dann sagte er, dass er kein Kind wollte. Und erst recht kein Kind von einem anderen Mann. Sie sagte ihm, dass sie das Kind behalten wollte. Er sagte, dass sie ihn dann verlieren würde. Er wirkte kühl, unerreichbar. Sie wollte ihn so sehr sehen, berühren. Sie fragte, ob sie nach Köln kommen könnte. Er sagte, dass es keinen Sinn hätte.

Sie legte auf und weinte zwei Tage lang. Dann entschied sie endgültig, das Kind zu behalten. Sie sprach es David auf den Anrufbeantworter und hoffte, dass er zurückrief. Aber er meldete sich nie wieder. Als sie im vierten Monat war, informierte sie Frank, als sie im achten Monat war, zogen sie in eine Fünf-Zimmer-

Wohnung in Charlottenburg. Zwei Jahre später heirateten sie.
Sie dachte immer mal an David, auch an ihrem Hochzeitstag. Er wurde zu einer Illusion. Sie strich dann Frank immer über die vollen dunklen Haare. Sie mochte dunkle Männer ja eigentlich mehr als blonde.
Frank wechselte von einem Berliner Verlag zum nächsten und verdiente jedes Mal ein bisschen mehr Geld. Aber eigentlich verkaufte er immer die gleichen Anzeigen. Als er zwei Jahre lang beim dritten Berliner Verlag war, ohne dass ihm jemand etwas Neues anbot, wurde er unruhig. Sein Leben schien ins Stocken geraten zu sein. Er fing an zu joggen, ließ sich die Haare wachsen und kaufte sich einen dieser Audis, die aussahen wie Schildkröten.
Am Ende verließ er sie.
Doch er vermisste seine Tochter. Sie sah aus wie er und vermisste ihn auch. Seit einem Jahr kämpfte er nun um sie.

David sagte als Zeuge gegen sie aus. Die große Liebe ihres Lebens war ihr Gegner. Der Mann, der sich von ihr trennte, weil sie ein Kind bekam, wollte sie jetzt womöglich von ihrem Kind trennen.
Vier Tage später hatte sie seine Telefonnummer.
Sie trafen sich in dem kleinen Italiener, wo sie an den vier glücklichen Tagen ihres Lebens gegessen hatten. Sie war lange nicht mehr hier gewesen. Die Straße sah jetzt aus, als sollte sie alten Leuten gefallen oder Kindern. Es gab hellblaue, weiße, ockerfarbene und zitronengelbe Häuser. Ihr Haus war rosa geworden. Der

Italiener, der damals zu den ersten in Prenzlauer Berg zählte, wirkte inzwischen altmodisch, aber nicht ungemütlich.
Sie erkannte David nicht gleich.
Er war dünn, fast mager, seine Haare wirkten stumpf und vielleicht ein bisschen dünner, seine Koteletten waren zu lang. Er lachte sie an, ein unangemessen vertrautes Lachen, dachte sie. Sie ging langsam auf den Tisch zu, er stand auf und breitete die Arme aus. Sie hätte ihm gern die Hand geschüttelt, fügte sich aber steif in seine Umarmung. Sie standen einen Moment herum wie ein Tanzpaar, das in einer ungeschickten Bewegung zu Stein geworden war. Dann packte David sie an den Schultern, schob sie ein Stück von sich weg und sah ihr ins Gesicht. Seine Augen glänzten, als sei er erkältet.
»Du hast dich nicht verändert«, sagte er.
»Ich war zwei Wochen auf Zypern, das ist alles«, sagte sie und lächelte schief.
»Ich habe unseren Tisch genommen«, sagte er.
Sie sah auf den Tisch. Er sagte ihr nichts.
»Wie immer?«, fragte David und lachte wieder dieses private Lachen. So als hätten sie sich gestern zum letzten Mal gesehen.
»Ich weiß nicht, was du meinst«, sagte sie.
»Einen halben Liter Pinot Grigio und eine Flasche Selters«, sagte David zu dem Kellner.
»Es ist ein bisschen delikat, David, ich habe mich mit meiner Anwältin beraten, ich darf dich als Zeugen gar nicht treffen, denn das wäre Zeugenbeeinflussung. Du kannst jetzt also sagen, dass du das nicht willst.«

»Doch, ich will«, sagte David.
Er hatte keine Ahnung, wovon sie sprach. Frank hatte ihn nicht angerufen, er hatte einfach seinen Namen in die Akte geschrieben, um sie weiter zu verunsichern. Das alles schien David aber überhaupt nicht zu beeindrucken. Es erreichte ihn gar nicht. Er stellte keine Fragen. Er fing an, seine Geschichte zu erzählen.

David war vor zehn Jahren allein nach Lissabon gefahren. Es war kalt gewesen und regnerisch. Er hatte fast die ganze Zeit auf dem Hotelbett gelegen und die Decke angestarrt. Als er wieder zurück nach Köln kam, fand er ihre Nachricht auf dem Anrufbeantworter. Er konnte nicht zurückrufen, er schaffte es nicht. Er arbeitete noch ein halbes Jahr in seiner Firma, aber es bedeutete ihm nichts mehr. Er ging hin, saß seine Zeit ab und ging wieder in seine Wohnung, um in Ruhe an sie denken zu können. Nach sieben Monaten verkaufte er seine Anteile an seinen Partner und zog nach Berlin. Er steckte alles Geld in Aktien und nahm es vor dem großen Crash wieder heraus. Er war Multimillionär.
Vor sechs Jahren hatte er bei einer Auktion ein Haus in ihrer alten Straße gekauft. Er ließ es renovieren und überredete die Mieterin, die in Susannes Wohnung eingezogen war, in eine der neuen Dachgeschosswohnungen zu wechseln.
Dann zog er in Susannes Wohnung.
Er investierte in den kleinen Italiener, der dem Wettbewerb am Prenzlauer Berg nicht mehr gewachsen war. Hier aß er selbst.

»Ich habe damals einen Fehler gemacht«, sagte er. Es klang, als sei das gestern passiert.
Sie weinte, sie konnte nicht mehr aufhören zu weinen. Sie war geschockt und gerührt, aber am Ende eher geschockt als berührt. Er hatte ein Leben mit ihr geführt, ohne sie zu fragen. Ein egoistisches, einsames Leben. Sie hätte ihn nie besuchen dürfen. Sie konnte ihn nicht mehr lieben. Vielleicht hätte sie ihn nie lieben können, vielleicht hatte sie ihn auch zu einem Mann gemacht, den man nicht mehr lieben konnte. Vielleicht war sie schuld. Er fragte, ob sie sich die Wohnung ansehen wollte, und sie nickte, obwohl sie lieber sitzen geblieben wäre. Und noch lieber nach Hause gefahren.
In einer Stunde musste sie Tanja von Frank abholen, dachte sie. Sie durfte nicht zu spät kommen. Er wartete mit der Stoppuhr.
David zahlte und faltete die Rechnung sorgfältig zusammen.
Es waren hundert Meter bis zu ihrem alten Haus. Vor der Hofeinfahrt stand ein lindgrüner Golf, wie sie ihn mal gefahren hatte. Die Hoftür war inzwischen verschließbar, es gab ordentliche Klingeln. Im Hof standen Fahrräder, drei Bäumchen und eine Bank. Sie zählte die Stufen, es waren einhundertzweiundsechzig, sie hätte schwören können, dass es damals einhundertvierundsechzig waren. Vielleicht waren bei den Rekonstruktionsarbeiten zwei verschwunden. Die kleine Diele wirkte größer, weil der Zwischenboden entfernt worden war, es gab eine modernere Küche, aber irgendwie wirkte alles seltsam unverändert. Das Wohnzimmer sah exakt aus wie ihres Anfang der neunziger

Jahre ausgesehen hatte. Raufasertapete, zwei große Ballonlampen und graue Jalousien. Nur die Gasheizung war weg, dort waren jetzt Bücherregale unter den Fenstern.
Er schaltete den CD-Player ein und suchte einen Song. Es war »Nothing compares to you« von Sinead O'Connor. Das Lied klang wie ein Vorwurf.
Er sah sie an. Sein Blick war fiebrig. Er würde kein guter Zeuge für sie sein, niemand würde ihr glauben, dass ihre Beziehung nur fünf Tage gedauert hatte. Davids Augen sahen aus, als hätten sie sich erst gestern getrennt. Am Ende gewann immer nur Frank.
»Entschuldige mich bitte für einen Moment«, sagte er und verließ das Zimmer. Wahrscheinlich ging er Champagner holen, vielleicht gab es auch irgendeine Sektsorte, die sie damals getrunken hatten.
Sie war erleichtert, allein zu sein. Sie lief aufs Fenster zu.
Das Haus gegenüber war hellblau wie eine Kinderwolke. Sie hatte die Gegend nie gemocht. Als sie hierher zog, war sie zu schäbig gewesen, jetzt war sie zu schick. Sie hatte hier nie hergepasst und David eigentlich auch nicht. Sie drehte sich in den Raum zurück. Er hatte ihn so eingerichtet, wie er ihn in Erinnerung gehabt hatte. Ein flaches, blaues Sofa in der Ecke. Ein Poster der Cézanne-Ausstellung in der Nationalgalerie, das auch sie mal hatte, aber nicht mehr mochte, einen CD-Ständer aus Metall, die Minianlage von Aiwa. Sie fühlte sich, als sei sie in ein Museum ihres Lebens geraten. Es gab Fotos von ihnen, an die sie sich nicht erinnern konnte. Sie sahen glücklich aus, jung. In kleinen Rahmen hingen

die Rechnungen ihrer vier Abendessen an der Wand. Am 10. April 1992 hatte einer von ihnen Vitello Tonnato für 8 Mark 50 gegessen, einer die gemischte Vorspeisenplatte für 9 Mark, sie hatten zweimal einen halben Liter Pinot Grigio für jeweils sieben Mark bestellt. Das kostete heute garantiert das Doppelte. Sie hörte die Spülung in dem Bad, das sie vier Jahre lang benutzt hatte. Sie wollte jetzt weg. In dem Gründerzeitspiegel, den sie mal von der Tochter einer verstorbenen Nachbarin geschenkt bekommen hatte, sah sie nur noch leicht gebräunt aus. Sie wurde müde. Es waren hundertzweiundsechzig Stufen bis auf die Straße. Das war nicht viel.

In einer Dreiviertelstunde musste sie Tanja abholen. Sie war eine gute Mutter.

Sie hörte, wie David aus dem Bad kam, durch die Diele ging und die Wohnungstür abschloss, zweimal, als wollte er sichergehen, dass sie niemand störte. Er hatte lange auf sie gewartet. Sie war das Letzte, was in dieser Wohnung gefehlt hatte. Sie dachte an Tanja. Sie wollte nie eifersüchtig auf sie sein. Sie hätte sie mit nach Zypern nehmen sollen. Es war Ostern.

Sie sah seinen Schatten durch das matte Glas, das sie sich damals in die Tür hatte einsetzen lassen.

Er lief ganz langsam, so als hätte er viel Zeit.

Sie würde zu spät kommen.

Das Leben ist kein Picknick

»Bob?«

Sie sah kurz auf und wartete.

»Robert?«

Lisa Kennedy hörte nur das Rascheln, mit dem er im Nebenzimmer den Sauerstoff aus dem Plasteschlauch saugte. Sie wusste nicht, ob er schlechte Laune hatte oder nicht so schlechte, aber eigentlich war es auch egal. Sie überlegte, ob sie noch einmal rufen sollte, lauter, ein bisschen entschiedener vielleicht, ließ es aber sein. Er hatte sie schon beim ersten Mal gehört, sie wusste das. Er wiederum wusste, dass sie nicht entschieden war.

Sie machte weiter. Sie wischte das Bord über dem Kamin, in dem seit zwanzig Jahren nicht ein Feuer gebrannt hatte. Es gab hier kaum Staub zu wischen, aber es gab auch nicht viel anderes zu tun. Es war Nachmittag. Sie wollte ein bisschen reden. Nur reden, übers Essen vielleicht.

Ein sinnloser Kamin, wozu brauchte man einen Kamin in der Wüste, dachte sie auch nicht zum ersten Mal. Sie hatte seit Jahren die gleichen Gedanken, aber sie führten zu keinen Erkenntnissen. Sie streifte ihr Hochzeitsfoto mit einem leidenschaftslosen Blick. Bob trug seine Uniform, sie selbst lächelte ängstlich. Sie war dreiundzwanzig und hatte sich hässlich gefunden. Aus heutiger Sicht sah sie niedlich aus, fest irgendwie, drall. Ihre Zähne waren klein und weiß, ihr Körper war größer und hielt zusammen. Damals hätte sie ihren Busen am Kaminsims gespürt, wenn sie sich dagegen gedrückt hätte, dachte sie.

Die Hochzeit war nicht schön gewesen, aber damit hatte sie auch nicht gerechnet. Wenigstens ist er nicht schwarz, hatte ihre Mutter gesagt. Ihre einzige Tochter hatte einen Besatzer geheiratet, den Feind. Lisas Vater war '4 gefallen, in Russland zwar, doch irgendwie hatte das in den Augen ihrer Mutter keine Rolle gespielt. Lisa fühlte sich, als sei sie übergelaufen, wohin auch immer.

Sie hatte auf später gehofft, auf Amerika, auf die Weite und die Musik. Wer so sang wie Elvis Presley und Buddy Holly, konnte aus keinem schlechten Land kommen. Bobs Nachname hatte geklungen wie ein Versprechen. Kennedy. Aber sie hatte nie an ihren Mann gedacht, wenn sie das scheue Gesicht von Robert Kennedy sah. Es gab da keine Verbindung. Ihrem Bob waren früh die Haare ausgegangen, und dann hatten sie ja auch den richtigen Robert bald erschossen. Der Name brachte kein Glück.

Auf dem Sims stand ein Foto vom Schiff, der »MS Bremen«, dann kamen Frank und Mary, das war schon in Texas. Sie waren wohl fünf und sieben Jahre alt auf dem Bild oder sechs und acht. Aber es war noch in

Houston aufgenommen, in dem kleinen Garten hinter ihrem zweistöckigen Holzhaus. Franklin Street, im Souterrain hatte ein alter blinder Mann mit seinem Hund gewohnt. Mister Kean und T-Bone. An was sie sich alles erinnerte. Es kam ihr vor, als hätten sie dort glückliche Tage verbracht, obwohl Bob die ganze Zeit in Vietnam gewesen war. Es gab Nachbarn, Leute, Geschäfte. 1974 waren sie dort weggezogen. Kurz nachdem Bob wiedergekommen war. Er hatte den Traum von einem Motel aus dem Krieg mitgebracht, er wollte weg von den Leuten. Das hatte er gesagt. Sie glaubte manchmal, dass ihm das der frühere Besitzer des Motels in Vietnam eingeredet hatte. Vielleicht hatte ihm auch einer der Armeeärzte gesagt, er solle sich was im Süden suchen, um nicht zu sterben. Es musste warm sein, an kalten Tagen konnte er kaum atmen. Sie hatten sich nie auf einen Namen für das Motel einigen können, weil jeder Name hier draußen wie ein Witz geklungen hatte. Es waren die Badlands, und das Motel sah schäbig aus.

Ihre Kinder hießen Frank und Mary, weil ihnen das weder zu deutsch noch zu amerikanisch schien, aber auch wieder deutsch und amerikanisch genug, um zu ihnen zu passen. Es war ihr letzter Kompromiss gewesen.

Little Frankie hatte noch nicht angerufen, sie überlegte, wie spät es gerade in Sacramento war. Es war zwei Stunden früher in Sacramento, er würde noch anrufen. Sacramento war immer noch so weit weg nach all den Jahren. Zwei Stunden. Mary wohnte in Detroit. Sie waren in Städten geblieben. Lisa Kennedy aber befand sich *in der Mitte von nirgendwo*, wie man so sagte.

Mary hatte heute Morgen angerufen und würde heute Abend nochmal anrufen. Es war Heiligabend. Ihre Tochter wusste, was ihr dieser Tag bedeutete. Mary war die Einzige, in der irgendetwas von ihr fortlebte, dachte sie oft.

Das alte Haus in Würzburg steckte in einem schweren Metallrahmen, es war ein Foto von vor dem Krieg. Die Lichter ihres künstlichen Weihnachtsbaums spiegelten sich im Glas des Rahmens. Es gab keine Weihnachtsbäume in den Badlands, es gab nur Kakteen. Auf dem alten Würzburgfoto lag Schnee. Lisa hatte seit Jahren keinen Schnee gesehen, das Motel machte nie zu. Sie waren hier in der Hitze festgenagelt. Es könnten doch noch Gäste kommen. Seit zwanzig Jahren hatte sie keinen Grund, ihren Nerz rauszuholen. In Sacramento schneite es auch nicht, soweit sie wusste. Frank hatte sowieso niemanden zum Rodeln. Lisa dachte an das Hochzeitsfoto von Mary, das mal hier gestanden hatte. Mary hatte in Omaha geheiratet, in Nebraska. Richard war kein guter Mann für ihre Tochter gewesen, das hatte sie auf den ersten Blick gesehen, aber was sollte sie sagen. Lisa wollte nicht sein wie ihre Mutter. Omaha lag am Ende der Welt, aber dort kam Richard eben her. Sie wusste nicht, wo Richard heute lebte, und sie wollte es nicht wissen.

Dieses Land machte sie krank, es hatte keinen Halt, alles rutschte. Sie zogen hierhin und dorthin, und es schien ihnen nichts auszumachen.

Sie verlor sich in der Weite, die sie damals gesucht hatte.

»Was?«

»Bitte?«
Sie sah auf.
»Du hast mich gerufen, also was?«
Ihre Fragen schienen minutenlang im Raum zu hängen, manchmal brauchte er eine halbe Stunde, um zu antworten. Es schien ihr, als würden ihre »Bob?«- und »Robert?«-Rufe wie Schnecken in seine struppigen Ohrgänge kriechen. Zu der Zeit, als ihm die Haare auf dem Kopf ausfielen, begannen sie ihm aus den Ohren und der Nase zu wachsen.
»Ach, ich dachte nur«, sagte sie.
»Was dachtest du?«
Seine Stimme klang rau und atemlos. Er brauchte die Luft aus der Maschine immer dringender, seine Lunge löste sich auf. Er würde immer weniger mit ihr sprechen, bis er irgendwann ganz schwieg. Sie hatte Angst davor, aber dann auch wieder nicht. *Das Leben war kein Picknick*, wie man so sagte.
»Setz die Maske auf, Bob. Bitte«, rief sie. Sie befanden sich in verschiedenen Zimmern und sprachen voneinander weg.
»Was willst du?«
»Ich habe mich gefragt, ob du wohl lieber Rosenkohl oder Grünkohl isst«, sagte sie. »Morgen.«
Er setzte die Maske wieder auf. Sie hörte es rascheln. Wahrscheinlich starrte er in seine Kataloge. Seit Jahren studierte er Kataloge. Pumpenkataloge, Traktorenkataloge, Waffenkataloge, Motorsägenkataloge.
»Im letzten Jahr hatten wir Grünkohl. Aber das heißt ja nicht viel. Grünkohl ist immer gut, und ich dachte vielleicht, vielleicht bleiben wir dabei. Aber ich habe auch

Rosenkohl im Eisschrank. Du musst nur sagen, was du willst. Es ist noch Zeit.«

Sie plapperte, es war besser als die Stille. Sie würde eine Platte auflegen.

Weihnachten mit Frank Sinatra wäre der Kompromiss. Oder gleich die Domspatzen.

»Bob?«

Es raschelte.

Irgendwann würde sie Bob rufen, aufschauen, warten, und auch nach zwanzig Minuten würde keine Antwort kommen. So würde es enden. Der Schlauch, an dem er hing, schlängelte sich durchs ganze Haus, die Maschine stand im Schlafzimmer. Abends vorm Einschlafen hörte sie es rumpeln, als schlafe sie neben einem sterbenden Wassertier. Ein Amphibienmensch. Ein riesiger Karpfen auf dem Trockenen. Sie bekam eine Gänsehaut. Er war gegen getrennte Schlafzimmer, bestimmt war das eine Schande in Texas, er redete nicht darüber. Sie hatten seit Jahren nicht mehr miteinander geschlafen, wahrscheinlich würden sie sich auch in den Schläuchen verheddern, dachte sie.

»Robert?«

Sie glaubte, dass Vietnam ihm die Lungen zerstört hatte, alle seine Vietnamfreunde waren an Lungensachen gestorben. Sie hatten mit Giftgas zu tun gehabt. Er redete auch darüber nicht. Er lachte, wenn sie ihn danach fragte. Als sei er stolz darauf, als kröne dieser endlose, röchelnde Tod seine Mission. Sie hatte nicht die Kraft, ihn zu drängen, und wohl auch nicht das Recht. Sie hatte nie verstanden, was sie dort unten gemacht hatten.

»Das Leben ist kein Picknick«, murmelte sie und wischte die schwarze Gründerzeitanrichte ihrer Eltern ab. War das eigentlich ein deutsches Sprichwort? Das Leben war kein Picknick. Picknick war nicht deutsch, soweit sie wusste.
Sie hatte die Möbel vor drei Jahren hergeholt, als ihr Onkel Richard gestorben war, der die Möbel von seinem Bruder hatte, ihrem Vater. Es gab jetzt keine Verwandten mehr in Würzburg. Sie hatte mit den fremden Leuten einer Maklerfirma im Wohnzimmer ihres Onkels gestanden. Sie hatte sich ein paar Möbelstücke herausgesucht, sie waren zu groß und zu dunkel für den texanischen Bungalow, aber sie brauchte etwas, irgendetwas gegen das völlige, spurlose Verschwinden ihrer Familie. Die Makler hatten das Haus zwei Monate später verkauft. Es war ihre letzte Reise gewesen. Jetzt lebte sie für immer an einem Ort, der nicht mal einen Namen hatte.
»Ja.«
»Fällt dir ein deutsches Sprichwort ein?«
»Wollt ihr den totalen Krieg?«, rief er.
Er hustete, er lachte über seine Schlagfertigkeit. Er konnte nicht mehr lachen, ohne zu husten.
Sie schwieg. *Was du heute kannst besorgen, das verschiebe nicht auf morgen*, dachte sie. Und *Handwerk hat goldenen Boden.* Das Märchen von den drei kleinen Schweinen könnte deutsch sein. *Das Leben ist kein Picknick*, hätte deutsch sein können. Aber Picknick war nicht deutsch. Weihnachten war deutsch.
Die Anrichte war der Anker, der sie in ihrer Vergangenheit hielt. Schwer genug war sie.

Sie hatte die alten Würzburgbilder. Es gab keinen Anlass mehr für sie, nach Deutschland zu fahren. Sie schrieb auch keine Karten mehr, in denen sie berichtete, wie gut es ihnen ging. Sie hatte immer diese Karten schreiben müssen, auch als es ihnen sehr schlecht ging. Sie hatte sich verzehrt nach Deutschland und über Amerika gejubelt. Bevor sie ihre Eltern besuchten, kleideten sie sich immer alle neu ein.

Sie konnte sich eine ganze Weile beim Staubwischen aufhalten, das war gut. Als sie mit der Anrichte fertig war, versank sie in dem Ölgemälde vom alten Würzburger Schloss. All die Steine und Türme, alles war so fest. Jede Gasse hatte einen Namen. Sie hörte den Schnee knirschen. Sie waren Schlitten gefahren, und ihre Hände in den nassen Handschuhen hatten so gebrannt, dass sie nicht mehr wusste, ob sie froren oder schwitzten. Sie hatte sie zu Hause erst unter kaltes Wasser gehalten und dann unter warmes.

Es klopfte.

»Ich gehe«, sagte sie, als hätte die Möglichkeit bestanden, dass Bob ging. Er saß in seinem Rollstuhl fest, die Räder blockiert.

Es war Bill, der früher mal an der mexikanischen Grenze gearbeitet hatte. Auch so ein Waffennarr. Bob und er hatten zusammen gejagt. Bill hielt seinen Hut in der Hand und in der anderen eine kleine Kiste mit Zigarren. Er wusste, dass Bob kaum noch atmen konnte, und brachte Zigarren. Er hatte keine Lippen, sein Mund war ein Strich.

»Frohe Weihnachten, Liz«, sagte der Strich.

»Frohe Weihnachten, Bill.«

Sie ließ ihn ein und nickte mit dem Kopf in die Richtung von Bobs Arbeitszimmer. Bill lief mit steifen Schritten los. Von hinten sah er aus, als sei er hierher geritten. Sie schloss die Tür. Sie hörte Bobs freudiges, raues Gelächter und dann sein Husten. Als er ihren Namen rief, hatte sie das Tablett mit der Flasche und den beiden Gläsern schon in der Hand. Sie brauchten kein Eis, beide nicht.
Sie stellte das Tablett auf den Tisch. Bill nickte in ihre Richtung, Bob sah sie nicht an. Er rieb sich die Zigarre unter der Nase und grinste einfältig. Sie stellte die Gläser ab und ging.
Das war nicht ihre Tasse Tee, wie man so sagte.
Es war trocken und warm draußen, vielleicht achtzehn Grad. Die Sonne färbte die Steine orange. Sie roch den Fluss. Lisa lief die paar Schritte rüber zum Motel. Vierundzwanzig Zimmer, alle leer. Niemand fuhr zu Weihnachten in die Badlands und wenn, dann schliefen sie im Cowboymotel, dem Rattlesnake Inn, zehn Meilen weiter in Richtung Nationalpark in Lajitas. Dort gab es ein Restaurant, eine Bar, einen Pool, und es hingen Bärenfelle an der Wand.
Lisa hatte am Anfang die Idee gehabt, deutsche Küche anzubieten. Es war die einzige Besonderheit, die sie hatten. Deutsche Küche. Bob hatte nur gelacht. Jetzt hatten sie gar nichts, nur Donuts und Kaffee bis um zehn Uhr morgens. Sie waren billiger als das Rattlesnake Inn, das war alles.
Lisa setzte sich einen Moment hinter den kleinen Rezeptionstisch und blätterte im Gästebuch. Es gab keine Vorbestellungen, die letzten Gäste waren vor vier

Tagen abgereist. Alle Betten waren frisch bezogen, auf allen Nachttischen lagen die rot-weißen Pfefferminzbonbons als Begrüßungsgeschenke, in allen Mülleimern hingen neue Plastiktüten. Sie könnte nochmal durchwischen, aber sie wurde ein bisschen müde. Sie schaltete das Radio ein, es gab nur eine mexikanische Station, und auf der redeten zwei aufgeregte Männer miteinander. Sie konnte kein Spanisch, sie konnte nicht mal mehr richtig Deutsch, aber ihr Englisch klang immer noch hart und fremd. Fränkischenglisch. Sie hatte keine Sprache mehr. Das Deutscheste an ihr war ihr Akzent. Der warme Wind wiegte die Fliegentür.
Sie sehnte sich nach den Würzburgbildern zurück.
Sie rief Frank in Sacramento an.
Es war eine Frau dran, die sie nicht kannte. Lisa sagte ihr, dass sie Franks Mutter sei. Die Frau legte den Hörer neben das Telefon und rief Franks Namen. Einmal und dann nochmal lauter. Im Hintergrund lief Musik, ein jaulendes langes Gitarrensolo, wie es in den 70er-Jahren modern gewesen war. Little Frank wurde nicht erwachsen. Sie überlegte, wie seine Lieblingsband geheißen hatte, irgendetwas mit einem Flugzeug. Jefferson Airplane. Sie lächelte, dann hörte sie Schritte im Hintergrund.
»Hallo.«
»Frohe Weihnachten, Little Frankie«, sagte sie.
»Mom.«
»Wie geht es dir, Junge?«
»Gut, gut.«
»Schön.«

Sie überlegte, ob sie nach der Frau fragen sollte, ließ es dann aber.
»Ich wollte dich auch gerade anrufen«, sagte Frank.
»Schön.«
»Wie geht's Dad?«
»Na ja, weißt du ja. Es wird nicht besser. Aber Bill ist gerade da, und sie rauchen ihre Weihnachtszigarre.«
»Haha«, rief Frank, aber es klang künstlich.
»Danke für die Karte«, sagte er und machte eine Pause, in der ihm wohl einfiel, dass er keine geschrieben hatte. Er sagte schnell: »Wir wollen vielleicht im Februar runterkommen.«
»Wir?«, fragte sie nun doch.
»Ja«, sagte er. »Mal seh'n. Grüß Dad und Bill.«
Sie schwieg, vielleicht hatte er sich gerade mit der Frau gestritten und wollte jetzt nicht weiter reden.
»Was esst ihr?«, fragte sie.
»Wir, äh, wir gehen weg.«
»Schön.«
»Also dann«, sagte er. »Mom?«
»Ja.«
»Frohe Weihnachten.«
»Frohe Weihnachten, Junge.«
Früher hatte er sie Mama genannt. Mama. Als Bob im Krieg gewesen war, hatten sie manchmal Deutsch geredet. Ihre Kinder hatten sie Mama genannt, und sie war froh gewesen, das zu hören. Sie fragte sich, ob sie ihren Sohn irgendwie beeinflusst hatte. Er war fast vierzig jetzt. Das Gespräch eben hatte sie an ihre Gespräche mit Bob erinnert. Es war, als laufe man durch ein Minenfeld.

Sie saß still da, bis Bill breitbeinig das Haus verließ. Sie hörte ihn in seinem Pickup wegfahren, dann ging sie ins Wohnzimmer zurück. Es roch nach den Zigarren. Sie verkroch sich wieder in ihr Bild.

»Schön, dass du verschwindest, wenn meine Freunde kommen«, rief Bob aus seinem Zimmer.

»Frank hat angerufen, ich soll dich grüßen«, sagte sie.

Für einen Moment hörte er auf zu atmen. Dann raschelte es wieder.

Lisa legte Frank Sinatra auf und setzte sich. Sie mochte Sinatra, aber sie dachte immer daran, dass er mit Lauren Bacall geschlafen haben sollte, als Humphrey Bogart im Sterben lag. Es knisterte. Es fing mit »White Christmas« an, dann kam »Silent Night, Holy Night«, eines der wenigen Lieder, zu dem deutsche Worte besser passten als englische, fand sie. Dann »Jingle Bells«. Mitten in »Have Yourself A Merry Little Christmas« klingelte das Telefon. Es war Mary.

»Mom.«

»Ja.«

»Was wünschst du dir heute?«

Sie hatte keine Ahnung. Vielleicht, dass es schneite?

»Habt ihr Schnee in Detroit?«

»Ja«, sagte Mary. »Warum?«

»Ich wäre gern bei dir, mein Kind.«

Mary schwieg.

»Wir könnten kochen.«

»Wie geht's Papa?«

»Er guckt seine Kataloge an.«

»Ich würde gerne mit euch essen, weißt du. Eine Gans ist einfach zu viel für mich und Lucie allein.«

»Sie ist auch zu viel für mich und Dad.«
»Ja.«
«Du fehlst mir.«
»Du mir auch Mama.«
»Küss Lucie.«
»Ja, Mama. Frohe Weihnachten.«
»Frohe Weihnachten.«
Es lag Schnee in Detroit. Sie hatte Mama gesagt, aber Lucy sprach kein Deutsch mehr.
»Let it Snow. Let it Snow. Let it Snow«, sang Sinatra. Sie dachte an Lauren Bacall. Bogart hatte auch so kurzatmig geklungen zum Schluss. Sie überlegte, ob sie Bob betrügen könnte, aber sie wusste nicht, mit wem. Sie sah nur Bills Strichmund und seinen Angebergang.
Die Beilagen waren wichtig. Die Beilagen. Rotkohl, Grünkohl, Rosenkohl erzählten ihr etwas über die Menschen. Manche aßen Mischgemüse. Äpfel in die Gans, ja oder nein, das war wichtig. Sie aß ihren trockenen Truthahn, weil es nicht darum ging, ob sie ihn mochte. Es gehörte zu Thanksgiving. Sie hatte nie die Frage gestellt, was es denn hier in der Einöde zu ernten gäbe, es war einfach eine Geste.
Sie mochte keinen Mais, sie mochte Grünkohl. Sie wollte Schnee, aber er vertrug keine Kälte, deswegen waren sie immer noch hier. Es musste warm und trocken sein. Sie feierte mit Bob republikanische Wahlsiege, obwohl sie die Demokraten oft netter fand. Sie machte ja alles. Aber irgendwann war es genug. Sie wollte es kälter. Sinatra sang das Ave Maria. Sie kroch in das Bild, sie wollte es kälter haben. *Let it Snow.* Sie

ging in die Küche und drehte den Knopf der Klimaanlage auf volle Kälte. Sie spürte sofort den eisigen Hauch. Klimaanlagen konnten sie bauen. Sie setzte sich vors Bild und dachte an früher. *Let it Snow.*
Eine halbe Stunde später war es schon sehr kühl. Es erinnerte sie an deutsche Winter. Sie rodelte den kleinen Abhang hinter ihrem Haus runter zum Fluss. Der Himmel war dunkelgrau, die Wolken waren voll neuem Schnee. Ihre Finger froren so sehr in den nassen rotschwarzen Wollhandschuhen, dass sie nicht mehr wusste, ob sie heiß oder kalt waren. Es würde pieken nachher unterm Wasserhahn. Es gefiel ihr. Was ihr gefiel, gefiel ihm nicht. Es lief darauf hinaus. Es musste so enden. Sie spürte etwas in ihrer Brust, aber sie wusste nicht, ob es Freude oder Trauer war. Wie damals, als sie die Handschuhe trug.
Sie fror sehr, sie ging raus in die Wärme und drückte die Haustür fest zu.
Es war jetzt fast dunkel, die Scheinwerfer waren lange vorher zu sehen. Vielleicht kam doch noch ein Gast. Lisa brannte sich eine Zigarette an. Die erste in dieser Woche, es war Heiligabend. Sie blies den Rauch in den Himmel der Heiligen Nacht. Das Auto rollte auf ihr dunkles Motel zu. Es war ein kleiner hellblauer Dodge, ein Mietwagenauto, in dem ein Paar und ein Junge saßen. Der Mann stieg aus und wünschte ihr frohe Weihnachten. Er sprach mit Akzent und bewegte sich wie ein Tourist. Wahrscheinlich hatte er Angst vor Klapperschlangen, aber die kamen nur im Sommer raus. Sie sah jetzt auch einen Kindersitz, in dem ein Baby schlief.

»Haben Sie ein Zimmer für eine Nacht?«, fragte der Mann.
»Sicher«, sagte sie.
Er lachte glücklich, als habe er damit nicht gerechnet.
»Kommen Sie«, sagte Lisa Kennedy. Sie gingen gemeinsam in die kleine Lobby. Sie schob ihm das Formular über den Tresen, er füllte es sorgsam aus. Sie waren Italiener. Sie fragte sich, was sie hier machten, aber eigentlich war es egal. Sie hatte das Gefühl, ihnen zu helfen, ihnen Herberge zu geben. Sie dachte darüber nach, welches das beste Zimmer war, aber sie waren alle gleich. Sie gab ihnen die Schlüssel des Zimmers, das am weitesten von der Straße entfernt war, obwohl kaum damit zu rechnen war, dass sie der Verkehr wecken könnte.
»Gute Nacht«, sagte sie.
»Frohe Weihnachten«, sagte die Frau, die am Auto wartete. Sie hatte lange dunkle Haare und sah müde aus.
»Frohe Weihnachten«, sagte Lisa. Sie sah, wie der Mann ein schlafendes Baby aus dem Wagen hob und es seiner Frau vorsichtig gab. Der Junge taumelte müde. Der Vater nahm eine Tasche aus dem Wagen, dann gingen sie alle zusammen nach hinten zur 24. Dem letzten Zimmer. Es war ein schönes Bild. Amerika war nicht schlecht zu ihnen. Es war immer noch Elvis'Land.
Don't be cruel, sang Elvis in ihrem Kopf. *Don't be cruel.* Sie stellte sich vor, wie die Tränen in seinem Gesicht gefroren. Weißer Atem würde aus seinem Schlauch dampfen. Sie konnte das nicht. Es war ein anderes Land. Sie waren aufeinander angewiesen hier draußen.

Wer weiß, was sie ihm dort unten angetan hatten. Sie lief mit kleinen flinken Schritten ins Haus zurück. Sie könnten ein Feuer machen im Kamin. Es würde ihn auftauen. Sie war nicht Lauren Bacall.
Sie riss die Tür auf. Bob lehnte keuchend an der Garderobe. Er stand ganz schief da. Die Atemmaske klebte ihm im Gesicht wie ein Visier, er zitterte und sah sie mit einem Blick an, den sie lange nicht mehr gesehen hatte. Es war ein leidenschaftlicher Blick. Er hielt eine seiner vielen Flinten in der Hand und schien sich wohl zu fühlen in seiner Haut. Er hatte eine Rolle. Lisa dachte noch, dass sie dieses Land nie verstehen würde.

Mary überlegte, ob sie nochmal anrufen sollte. Ihre Mutter hatte fremd geklungen. Sie verlor ihr Amerikanisch immer mehr. Sie dachte an die Bescherung, an die alte Kirche in Houston und wie sie sich in der Christmesse die ganze Zeit auf zu Hause gefreut hatte. Ihr Vater war im Krieg gewesen. Sie lächelte Ken an, der auf ihrer Couch saß. Er schien nett zu sein, ein bisschen behaart, aber nett. Sie wollte es nicht verderben. Lucie schlief schon. Mary wollte nicht überbesorgt erscheinen, sonst dachte Ken noch, er habe die Schwiegermutter am Hals. Sie schämte sich ein bisschen für ihre deutsche Mutter. Sie sah in den Spiegel, ihr kantiges, flächiges Gesicht.
»Noch Wein?«, fragte sie.
»Was?«, fragte Ken.
»Noch Wein?«, fragte sie.

Stille Nächte

Lothar Bednarz schloss die Kellertür auf und hob die Klinke ein bisschen an. So ging es am besten. Es roch nach Kohlen und Nässe, ein vertrauter Geruch. Bednarz hielt mit dem rechten Ellenbogen die Stahltür auf und tastete mit der linken Hand am kühlen Putz nach dem Lichtschalter. Die erste und die zweite Kellerlampe gingen an. Bednarz stieg langsam die Treppe hinab. Als er unten war, ging er nach rechts. Vier, fünf Schritte hinter der zweiten Lampe, dort, wo der matte Lichtschein schon wieder im Kellerdunkel versickerte, befand sich der nächste Schalter. Bednarz hoffte, dass die Lampe funktionierte.

Er hatte Zeiten erlebt, in denen nicht klar war, ob etwas passierte, wenn man einen Schalter bewegte. Die Lampe ging an. Sie war in den letzten neun Jahren immer angegangen. Aber man wusste nie.

Bednarz lief weiter bis zu seinem Keller. An seinem Bund suchte er den kleinen Schlüssel, den er früher manchmal mit dem Briefkastenschlüssel verwechselt hatte. Seit sie die neuen Briefkästen hatten, passierte das nicht mehr, aber Bednarz freute sich trotzdem, dass der Schlüssel in das alte, goldgrün schimmernde Vorhängeschloss passte. Er zog die Tür auf, griff nach dem Kabel, das rechts über einem langen Nagel baumelte, und steckte es ein. Die 40-Watt-Birne an der Decke seines Kellers glomm auf.

Lothar Bednarz warf einen Blick auf die Dinge in seinem Keller.

Er besaß sechs Stapel Briketts, obwohl seine Wohnung seit sieben Jahren über eine Gasheizung verfügte. Gute Braunkohlebriketts, gesichert mit einem dünnen Blechband. Was sollte man damit anfangen? Bednarz kannte inzwischen nicht mal mehr einen Menschen, der einen Ofen besaß. Man warf keine Kohlen weg, und sie in Krisengebiete zu schicken war uneffektiv. Also behielt er sie. Er hatte ja den Keller.

In einem alten Regal standen weitere unnütze Dinge. Verstaubte leere Einweckgläser, die vom Kompott seiner Mutter übrig geblieben waren. Seine Mutter war vor drei Jahren gestorben.

Bednarz hatte kein Fahrrad mehr, aber Flickzeug gab es noch. Und Farbdosen, die sich wahrscheinlich nie mehr öffnen ließen. Wozu auch, Lothar Bednarz hatte nicht vor zu renovieren. Er betrachtete die beiden Pappkartons mit Werkzeug, Schrauben, Nägeln und Sandpapier. Bednarz war nie ein großer Bastler gewesen, Gespräche über Heimwerkerarbeit langweilten ihn.

Neben dem Regal lehnten ein Paar Germina-Holzski mit »Kombi-Bindung«. Man konnte sie von Abfahrt auf Langlauf umstellen, eine ziemlich gefährliche Sache. Vor allem in der Abfahrteinstellung. Andererseits hatte es ja keine hohen Berge gegeben, von denen man mit den Kombi-Ski hinunterfahren konnte, dachte Bednarz. Skistöcke gab es keine mehr, aber neben den Skiern standen ein paar Skischuhe. Ebenfalls Kombi-Schuhe. Es hatte Stunden gedauert, bis man sie zugeschnürt hatte, denn sie besaßen Ösen und Haken auf verschiedenen Laschen-Ebenen. Sie gehörten zu den Kleidungsstücken, auf die man wütend werden konnte. Neben den Schuhen stand eine Kiste mit Wachs, ein paar alte Winterstiefel seiner Frau und der Weihnachtsbaumständer. Offenbar hatte er den Keller nach Jahreszeiten geordnet.

Bednarz beugte sich zum Weihnachtsbaumständer hinunter.

Als er den staubigen, gusseisernen Hals des Weihnachtsbaumständers berührte, erschien es ihm plötzlich, als sei er erst gestern hier unten gewesen. Als sei er gerade gestern in seinen Keller hinabgestiegen, um den Weihnachtsbaumständer zu holen. Als sei erst gestern Weihnachten gewesen.

Bednarz hob den Ständer an, er war schwerer als er in Erinnerung hatte. Er stellte ihn kurz auf seinem Oberschenkel ab und überlegte, ob er im letzten Jahr irgendwann einmal hier unten gewesen war. Er konnte sich nicht erinnern. Bednarz hatte nicht viel erlebt im letzten Jahr.

Im November war er 42 Jahre alt geworden. Wenn er es recht überlegte, war nicht nur sein letztes Jahr ereignislos verlaufen, sondern auch die zehn Jahre zuvor. Er war verheiratet und kinderlos. Zu Weihnachten stellte er einen Baum auf. Dann kam er hier herunter. Man könnte sein Leben aus der Kellerperspektive beobachten und würde eigentlich nichts verpassen. Er stellte sich vor, ein unsichtbarer Dokumentarfilmer habe sich in seinem Keller verborgen, um ein Porträt von Lothar Bednarz zu machen. Ein Langzeitprojekt über das Leben eines deutschen Stadtbewohners. Ein ziemlich langweiliger Film. »Der Mensch im Hamsterrad« könnte er heißen. Oder »Herr Bednarz wiederholt sich«.

Wer würde sich so was ansehen?

Licht an, Lothar Bednarz erscheint im Türrahmen, wirft einen kurzen Blick in die Runde, nimmt den Ständer auf, löscht das Licht. Kurzes Dunkel. Licht an. Lothar Bednarz erscheint, stellt den Ständer wieder ab. Längeres Dunkel. Licht an. Ständer raus. Licht aus. Kurzes Dunkel. Licht an. Ständer rein. Licht aus. Das war es im Wesentlichen. Das Leben des Stadtbewohners um die Jahrtausendwende. In die lang anhaltenden Dunkel könnten zur Orientierung Untertitel eingeblendet werden. »In diesem Jahr fiel die Mauer.« Licht an. Lothar Bednarz holt seinen Weihnachtsbaumständer. Licht aus. »Zum ersten Mal gewinnt ein Deutscher die Tour de France.« Licht an. Lothar Bednarz erscheint in Trainingshose. Licht aus. »Lady Diana fällt einem tragischen Autounfall zum Opfer.« Licht an. Unser Stadtmensch trägt das gleiche T-Shirt wie im vorigen Jahr. Licht aus. »Hochwasser sucht den Osten Deutschlands heim.«

Sein Leben wäre eine Art Daumenkino.

Je älter Lothar Bednarz wurde, desto kürzer würde das lange Dunkel zwischen seinen Kellerbesuchen erscheinen. So, als spielte der Dokumentarfilmer gelangweilten Partygästen ein Videoband mit dem Leben von Bednarz vor und drückte beim langen Dunkel immer auf schnellen Vorlauf. Die Garderobe würde sich ein bisschen verändern, der Haaransatz bei jedem Besuch immer weiter nach hinten rutschen, ihm würden Haarbüschel aus Ohren und Nase wachsen wie das Gras in den Zeitrafferaufnahmen von Naturfilmen, er würde immer dicker werden und dann vielleicht immer dünner. Je nachdem, wie es zu Ende ginge, wäre er bei seinem letzten Besuch entweder sehr dick oder sehr dünn. Irgendwann würde das Licht nicht mehr angehen.

Oder der Dokumentarfilmer würde das nächste Langzeitprojekt anschließen. Dann würde das Licht angehen, ein ihm unbekannter Mann in einer blauen Latzhose würde erscheinen und als Erstes die 40-Watt-Birne auswechseln. Ein Nachmieter. Oder ein Nachfolger. Vielleicht ein Heimwerker, der Bretter für seine verschiedenen Steck-, Ring-, Maul- und Inbusschlüssel anbringen würde, eine kleine Werkbank mit Schraubstock und einer Ständerbohrmaschine aufstellte. Oder ein Fotograf, der sich hier unten ein Labor einrichtete. Jedenfalls jemand, der dem Dokumentarfilmer ein bisschen mehr zu bieten hätte als der langweilige Lothar Bednarz, der nur am Nachmittag des Heiligen Abend vorbeikam.

Es war albern, aber Bednarz vergewisserte sich kurz, dass hier wirklich kein Platz für einen Dokumentarfilmer war. Auch nicht für einen kleinen. Bednarz nahm sich dennoch vor, beim nächsten Mal nicht in Trainingshose hier unten zu erscheinen. Man musste sich ja nicht so gehen lassen. Bednarz hob den Weihnachtsbaumständer an und zog den Stecker seiner 40-Watt-Deckenlampe aus der Dose. Eine Sekunde später löschte eine Zeitschaltung das Licht auf dem Kellerflur. Sie musste neu sein. Allerdings hatte sich Bednarz auch noch nie so lange hier unten aufgehalten wie heute. Er umklammerte den Hals seines Weihnachtsbaumständers und überlegte, ob er nach dem Kabel seiner Deckenlampe tasten sollte oder gleich nach dem ersten Flurschalter, als er ein Geräusch hörte.

Die Kellertür wurde kurz aufgezogen. Einen Moment war Ruhe. Dann kamen mehrere Menschen die Kellertreppe herunter. Es raschelte und klapperte. Jemand fluchte leise. Die Kellertür fiel zu, die Menge hielt an und flüsterte. Sie orientierte sich. Dann lief sie weiter. Sie kam immer näher. Als sie ganz nah war, machte sie Halt. Bednarz konnte sie atmen und schnaufen hören. Dinge wurden abgestellt, zusammengesteckt und aufgebaut. Es schabte, ächzte, schleifte und klickte. Lothar Bednarz stand ruhig mit seinem Weihnachtsbaumständer im Dunkeln und wartete. Nach einer Weile hörten die Arbeitsgeräusche auf. Zwei, drei Leute tuschelten miteinander. Es klang, als gruppierten sie sich. Manche zogen sich in den Hintergrund zurück, andere postierten sich im Vordergrund. Dann wurde es ganz leise. Und dann hell. Sehr hell. Bednarz schloss die Augen.

Als er sie wieder öffnete, sah er die Silhouette eines Mannes vor weißem, gleißendem Licht. Bednarz blinzelte, nur langsam gewöhnten sich seine Augen an das Scheinwerferlicht.

Der Mann lachte ihn an. Er hatte ein breites weißes Grinsen und ein Mikrophon in der Hand. Er trug einen dunklen dreiteiligen Anzug, eine Fliege und eine rote Weihnachtsmannmütze mit einem flauschigen Pelzrand. Links und rechts von ihm standen zwei großbusige Damen mit sehr kurzen Röcken und goldenen Pappgeweihen auf dem Kopf. Im Hintergrund konnte Bednarz Männer mit Pferdeschwänzen und bedruckten T-Shirts, die Scheinwerfer, Mikrophone und Kameras hielten, erkennen sowie einen großen silbernen Schlitten, der kaum in den schmalen Kellerflur passte.
»Guten Abend«, sagte Lothar Bednarz.
Aber die Gruppe, die sich vor ihm versammelt hatte, antwortete nicht. Sie verharrte.
»Guten Abend«, sagte Lothar Bednarz nochmal.
»Noch zehn Sekunden, Jo«, sagte jemand aus dem Dunkel.
»Neun. Acht. Sieben.«
Der Mann mit dem Mikrophon überprüfte den Sitz seines Scheitels. Die rechte Dame verlagerte ihr Gewicht von einem auf das andere lange Bein und dann wieder zurück. Ihre großen Brüste wippten.
»Drei. Zwei. Eins.«
Auf einer Kamera leuchtete ein rotes Licht.
»Berlin grüßt Frankfurt!«, rief der Mann mit der Weihnachtsmannmütze fröhlich. »Viele weihnachtliche Grüße von hier zu euch in die Messehalle, Basti. DEUTSCHLAND FEIERT WEIHNACHTEN heißt unsere Sendung. Da darf die Hauptstadt natürlich nicht fehlen. Ich bin mit meinen beiden Rentieren

Jenny und Carola in einem typischen Berliner Keller gelandet.« Die Damen mit den Geweihen strahlten. Rentiere also, dachte Bednarz. Rentiere in Röcken.
»Wie überall in Deutschland sind auch in der Hauptstadt tausende Männer damit beschäftigt, alles für ein gemütliches Weihnachtsfest vorzubereiten. Das fängt mit dem Baum an, Basti. Du hast doch sicher schon alles hinter dir, oder?«
Bednarz konnte nicht hören, was der unsichtbare Basti in der Frankfurter Messehalle antwortete, aber offensichtlich war es sehr komisch, denn Jo, der Reporter, strahlte noch mehr als vorher.
»Wir haben uns hier ganz heimlich in einen Keller im Berliner Bezirk Weißensee geschlichen, aus dem der Herr Bettranz gerade seinen Weihnachtsbaumständer holt. Ganz schöne Bescherung, was Herr Bettranz?«
»Guten Abend«, sagte Lothar Bednarz. Er war offensichtlich im Fernsehen. Er war das erste Mal im Leben im Fernsehen und trug Trainingshosen. Hoffentlich war das keine Live-Sendung. Er überlegte, ob er dem Fernsehmann sagen sollte, dass dies hier nicht mehr Weißensee war, sondern bereits Prenzlauer Berg. Außerdem hatte Jo Weißensee auf der falschen Silbe betont. Aber Bednarz wollte nicht auch noch wirken wie ein Besserwisser. Wenn er schon so aussah. In seinen Trainingshosen.
»Guten Abend, Herr Bettranz.«
»Guten Abend«, sagte Lothar Bednarz zum vierten Mal. »Ich heiße Bednarz. Lothar Bednarz.«
»Oh. Mein Name ist Bond. James Bond«, rief der Reporter mit verstellter Stimme. Die Rentiere strahlten.

»So ist er, der Berliner, meine Damen und Herren. Schlagfertig. Selbst, wenn man ihn am Heiligen Abend im Keller überrascht. Mal sehen, was Herr Bettranz so in seinem Keller hat«, rief Jo und drängte sich an Lothar Bednarz vorbei in den Keller. Gefolgt von einem Kameramann, einem Beleuchter, einem Tonassistenten und den beiden Rentieren. Bednarz hörte Gelächter aus seinem Keller. Dann drehten sich alle zu ihm um.
»Basti fragt aus Frankfurt, ob diese Ski dem Sailer-Toni gehören«, fragte der Weihnachtsmann. Die Rentiere kicherten.
»Das sind Kombi-Ski«, sagte Lothar Bednarz. »Sie gehören mir, aber ich habe sie schon lange nicht mehr benutzt.«
Das Fernsehteam sah ihn verdutzt an.
»Wir sind hier schon in Prenzlauer Berg«, sagte Bednarz in die kleine Pause.
»Ach«, sagte der Reporter.
»Ja, es ist aber ziemlich dicht an der Stadtbezirksgrenze. Und wo wir bald die Reform haben, da ist es sowieso nicht so wichtig.« Bednarz spürte, wie er das Tempo verlangsamte. Es war, als würde er den anderen im Weg stehen.
»Die Schlüssel, Jo«, zischte jemand aus dem Dunkel. »Die Tittenschlüssel.«
»Richtig«, rief Jo. »Der Weihnachtsmann kommt natürlich nicht ohne Geschenke, was Basti?« Der unsichtbare Basti sagte irgendwas, alle strahlten, dann erklärte der Reporter, dass im Dekolleté von einem der beiden Rentiere ein Autoschlüssel versteckt sei.
»Sie müssen sich entscheiden, Herr Bettranz. Jenny

oder Carola. Wenn Sie den Autoschlüssel ziehen, können Sie in unserem großen Finale eventuell einen niegelnagelneuen A-Klasse-Mercedes gewinnen. Auf geht's. Sie haben fünf Sekunden. Aaaaab jetzt.«
Lothar Bednarz wurde schwindlig, der Weihnachtsbaumständer war jetzt sehr schwer. Es war Heiligabend. Bednarz dachte an seine Mutter, die diese Sendung sicher gesehen hätte.
»Uuuuund fünf«, rief der Reporter. »Pech, Herr Bettranz.« Die Rentiere guckten traurig und formten mit ihren hübschen Lippen zwei bedauernde O's.
»Aber bei dieser Auswahl an, äh, Lostrommeln, da hätte ich auch Schwierigekeiten gehabt, mich zu entscheiden, was Basti? Herr Bettranz bekommt von uns ein Los der Fernsehlotterie. Vielen Dank, Herr Bettranz. Möchten Sie vielleicht noch jemanden grüßen? Herr Bettranz?!«
»Meine Frau ist ja in der Küche«, sagte Lothar Bednarz.
»Da wo sie hingehört, was?«, rief der Reporter. »Aufregende, heiße Weihnachten hier in der deutschen Hauptstadt. Viele Grüße nach Frankfurt.«
»Und ab dafür«, zischte die Stimme aus dem Dunkel. »Jetzt nur noch die Final-Konferenz. Wir fahren zum Brandenburger Tor und dann ist Stille Nacht.«
Die Lichter erloschen. Die Arbeitsgeräusche setzten wieder ein. Lothar Bednarz stand mit seinem Weihnachtsbaumständer im Dunkeln und wartete darauf, dass sie fertig wurden. Einer nach dem anderen verließ den Keller. Bednarz wagte nicht, den Ständer abzustellen. Seine Hand schmerzte. Aber er hielt durch. Als der Letzte die Treppe hochging, fasste Bednarz Mut.

»Hallo«, rief er.
»Was ist denn noch?«, fragte der Mann. Es war die zischende Stimme aus dem Dunkel.
»Warum ich?«, fragte Lothar Bednarz.
»Weil auf Sie Verlass ist«, sagte die Stimme.
Die Kellertür fiel ins Schloss. Bednarz blieb noch einen Moment im Dunkeln zurück. Dann ging er nach oben.
»Das wird auch Zeit«, sagte Marion Bednarz, als er mit dem Weihnachtsbaumständer die Wohnung betrat. »Hast du jemand im Keller getroffen, oder was?«
»Ja«, sagte Lothar Bednarz.
Aber seine Frau hörte es nicht mehr. Sie war in der Küche verschwunden.
Bednarz ging mit dem Weihnachtsbaumständer ins Wohnzimmer. Er dachte daran, dass der Weihnachtsbaumstamm bestimmt wieder zu dick für die Öffnung des Ständers sein würde. Er würde mit einem Küchenmesser auf dem harzigen Holz herumschaben müssen. Es war jedes Jahr das Gleiche.

Die Puppe

Ein Kind weint, das weckt mich. Ich erkenne die Stimme erst nicht. Es muss Jonas sein, es gibt kein anderes Kind in meinem Haus. Ich bin in meinem Haus, ich spüre das. Mein Kopf fühlt sich taub an, die Fastenzeit ist vorbei. Sechs Wochen ohne Alkohol. Es ist etwas, woran ich glaube, wir hatten Fisch am Karfreitag, Rotbarbe in Salzkruste. Ich war seit zehn Jahren nicht mehr zur Kommunion, leider. Wir haben Jonas nicht getauft. Mein Gaumen brennt von Stephans Joint. Bevor ich die Augen öffne, weiß ich, dass ich auf der Erde liege. Es ist hart und kühl, Fliesen wahrscheinlich. Ich sehe etwas Gelbliches, eine dieser schmetterlingsförmigen Nudeln, für die Steffi Graf mal Werbung gemacht hatte, Jonas' Lieblingsnudeln. Ich bin genauso alt wie Andre Agassi, sehe aber jünger aus, wenn auch nicht in diesem Moment. Ich würde mich freuen, wenn Andre und Steffi noch mal Doppel in Paris spielten. Ich konnte die beiden einzeln nie richtig leiden, vor allem ihn nicht, aber zusammen mag ich sie. Die Nudel ist an den Rändern dunkelgelb, fast braun. Unsere Fliesen sind hellgrau. Ich liege in der Küche, es ist Morgenlicht, selbst hier unterm Tisch. Die Nudel liegt da schon länger, Marias Ordnung ist immer nur oberflächlich. Sie ist eine weißrussische Putzfrau, ich muss sie vor Jeanette beschützen, die seit kurzem eine Aversion gegen Maria entwickelt, wie gegen alles weibliche Personal. Babysitter, Kindergärtnerinnen, Sekretärinnen, alle, die ihr Arbeit abnehmen, stören sie früher oder später. Sie traut ihnen nicht richtig. Ich gleiche das aus. Ich werde die Nudel nicht erwähnen. Maria ist sicher Katholikin. Ich mag den Papst jetzt mehr als früher. Hinter der Nudel liegt ein Auge, ein braunes Glasauge. Ich vertrage keinen Alkohol nach der Fastenzeit, und mit Joints habe ich kaum Erfahrungen.

Jonas weint, er ist fünf Jahre alt. Das Bild seines Vaters, den er nach Ostern unterm Küchentisch findet, wird sich in sein Gedächtnis einbrennen. Wenn er einmal stirbt, in siebzig oder achtzig Jahren, wird es in der Kette der Bilder auftauchen, die noch einmal vor seinen Augen aufflammen. Vielleicht erscheine ich auch schon demnächst auf einer seiner farbenfrohen Kindergartenzeichnungen.

»Da gucken ja Füße unterm Tisch raus, Jonas«, wird eine Erzieherin feststellen.

»Das ist Papa«, sagt Jonas dann.

Die Kindergärtnerin wird mit einer Kollegin reden, später steht Jonas allein mit ihnen im Sekretariat der Kindertagesstätte, die Zeichnung auf dem Schreibtisch.

»Also Jonas, jetzt nochmal, was macht dein Papa da unterm Tisch?«

Irgendwann werden zwei Frauen von der Jugendhilfe

vor der Tür stehen und mich mustern, beide am Rande der Selbstbeherrschung, Jeanette wird mich fragend ansehen.
Sie schläft sicher noch, hoffentlich.
Jonas schluchzt, ich sehe seinen kleinen Fuß, der in einer dunkelblauen Sandalette steckt, und in einem der weißen Strümpfe, die ihm Jeanette gestern rausgelegt hat. Es entspricht ihrer Vorstellung von Ostern, weiße Söckchen, Häschen, Körbchen. Kein Leid, kein Blut. Ich strecke eine Hand unterm Tisch nach ihm aus. Vielleicht sollten wir in die Kirche gehen, heute. Es ist Montag. Jonas ist ungetauft, ich bin vor zwei Jahren ausgetreten, aber gut.
Ein Auge. Ein braunes Auge.

»Sie hatten nie einen Plan für die Zeit danach«, sagte Stephan.
»Die Bilder aus den Krankenhäusern Bagdads sind schrecklich«, sagte Katrin.
»Und wir haben längst noch nicht alles gesehen«, sagte Stephan.
»Sie wollen jetzt Libyen angreifen«, sagte Jeanette.
»Syrien, Schatz«, sagte Kamulski.
»Syrien auch«, sagte Jeanette.
»Alles Schurkenstaaten«, sagte Kamulski einlenkend.
»Die gesamte arabische Welt ist in Aufruhr«, sagte Stephan, der sich danach gern etwas zurückgelehnt hätte, aber das ging nicht in den hochlehnigen weißen Stühlen, die Jeanette einst ausgesucht hatte, in ihrer weißen Phase.
»Abgesehen von Kuwait«, sagte Kamulski vom Kü-

chentresen aus, wo er die Reste des Buffets zurechtzupfte.

»Kuwait«, sagte Jeanette geringschätzig, und dann noch mal: »Kuwait.«

»Ich bin so froh, dass Europa seine eigene Stimme findet«, sagte Katrin. »Wir haben uns das lange genug angesehen.«

Kamulski hörte nur mit halbem Ohr hin, während er ein paar schrumpelige Trauben von der Käseplatte nahm und überlegte, ob er den Lachs abtragen sollte, der an den Rändern grau angelaufen war, aber sicher noch gut schmeckte. In diesem Fall müsste auch der Meerrettich weg, den er in einem Schälchen Eiswasser frisch gehalten hatte. *Europas Stimme*, Katrin klang wie ihr Mann Stephan, aber wahrscheinlich klangen er und Jeanette auch nicht so verschieden. Kamulski mochte dieses heimelige Säuseln eines gut geschmierten Gesprächs, wenn er Gastgeber war. Fragen und Antworten griffen ineinander wie Zahnräder. Ein Uhrwerk der Freundschaft. Er fühlte sich so wohl wie bei der letzten Weltmeisterschaft, als plötzlich auch die Frauen Fußball sehen wollten, oder an den Superstarabenden, als alle zusammen vorm Fernseher saßen.

»Sie produzieren jeden Tag tausend neue Terroristen«, sagte Jeanette.

Kamulski konzentrierte sich auf die Rotweinflasche. Sie hatten Weihnachten von Stephan und Katrin diesen neuen knallroten Plastekorkenzieher geschenkt bekommen, der aussah, als würde er abbrechen, wenn man zu heftig an ihm zog. Er bestand aus zwei Teilen,

die man zusammenstecken musste. Er probierte ihn zum ersten Mal aus.
Der Osterbrunch dauerte jetzt bereits sieben Stunden, seit anderthalb Stunden waren die Kinder ruhig, sie waren mit Dorothea, der Babysitterin, nach oben verschwunden. Die Salami sah wieder besser aus, am frühen Nachmittag hatte sie geschwitzt, es war warm, endlich. So ein langer Winter. Der Krieg war wohl vorbei. Vor sieben Stunden hatte Kamulski sein erstes Glas Champagner getrunken, es war ihm sofort in die Schläfen geschossen, in die Fingerspitzen, die Zehen, er hatte drei Stunden gewartet, dann ein halbes Bier im Schatten. Es war warm, er wollte ein bisschen vorsichtig sein, er vertrug keinen Alkohol, das Fasten. Sechs Wochen waren eine lange Zeit. Das Baguettebrot war unter der Kruste trocken geworden, es splitterte, wenn man es brach. Jeanette hatte rote Flecken am Hals, Stephan redete in diesem staatsmännischen Ton, den er oft annahm, wenn es spät wurde. Gleich würde er sich eine Zigarre anbrennen. Der Käse sah noch sehr gut aus.
»Der Kanzler bekommt Angst vor der eigenen Courage«, sagte Stephan und warf sich wieder gegen die unnachgiebige weiße Lehne.
»Ja?«, fragte Jeanette.
Kamulski hoffte, dass sie jetzt keine Probleme mehr machte, so kurz vor Schluss. Der Korkenzieher schraubte sich diagonal durch den Korken, Kamulski setzte ihn nochmal an, aber der Korkenzieher wählte denselben Weg. Kamulski riskierte es, auch weil ihn niemand beobachtete. Er zog den Korken langsam

heraus, er war in der Mitte gespalten, es krümelte ein bisschen, aber nicht sehr.
Jeanette schwieg glücklicherweise.
»Der Kanzler kann gar nicht anders, ich will euch zwei Beispiele nennen«, sagte Stephan.
Er machte eine kleine Pause, in der Kamulski einfiel, dass er vergessen hatte, Oliven anzubieten. Er hatte schwarze und grüne, je ein Pfund. Stephan öffnete den Mund, um ihnen zu erzählen, was den Kanzler trieb, aber Dorothea unterbrach ihn. Sie stand in der Tür, sie hatte den schlafenden Jeremias im Arm. Jeremias Kuntze. Katrins und Stephans Sohn. Alle sahen zur Babysitterin.
»Jonas schläft, ich bring Jeremias nach Hause«, sagte Dorothea leise.
Katrin stand etwas unsicher auf und tätschelte ihrem dreijährigen Sohn die Stirn, Stephan blieb sitzen. Auch Jeanette stand jetzt auf, sie sah Kamulski an, als erwartete sie irgendwas von ihm, er hatte keine Ahnung, was. Er trennte den Korkenzieher wieder in seine zwei Teile und legte ihn in das Fach zu den anderen Korkenziehern, Flaschen- und Büchsenöffnern, Austernmessern, Knoblauchpressen, Muskatreiben und Spargelschälern, die sich in den letzten Jahren angesammelt hatten. Holzlöffel, Quirle, Schaber und Schneebesen lagen im Fach daneben. Es war seine Werkstatt. Er hatte drei verschiedene Käseschneider, die er noch nie gebraucht hatte.
»Das Finanzielle?«, flüsterte Jeanette.
Stephan nickte ihr kurz zu und formte mit den Lippen seinen Lieblingsspruch: »Null Problemo.«

Kamulski fragte sich, wieso Jeremias nicht bei ihnen schlief, sie hatten es angeboten. Aber eigentlich war er froh, dass Dorothea ihn mitnahm, es war ein sauberes Ende, und wahrscheinlich hatten das Stephan und Katrin ähnlich empfunden. Er entschied sich, mit den Oliven noch zu warten.

»Ich bring dich raus«, sagte Jeanette zu Dorothea.

Kamulski schenkte Wein nach, man hörte eine Autotür, dann einen Motor, schließlich ging die Haustür zu und Jeanette kam zurück.

»Sie ist ein Schatz«, sagte sie und strahlte Katrin an.

Katrin nickte, aber nicht so, als sei sie hundertprozentig davon überzeugt. Dorothea war zehn Jahre jünger als sie alle, oft trug sie keinen BH und immer diese Hüfthosen. Wenn sie sich nach einem Kind bückte, konnte man ihre Slips sehen, weit ausgeschnittene Kunstwerke. Kamulski schaute zu Stephan, aber der schien an irgendetwas anderes zu denken.

»Jeremias liebt sie jedenfalls«, sagte Katrin.

Als sich Kamulski umdrehte, stieß er mit der Schulter gegen den schmalen Küchenschrank, in dem sie die Dinge aufbewahrten, die man nicht ausstellte. Die Rechnungen, die Plastetüten, die Gummis, die Glühbirnen und die Rollen mit dem Küchenkrepp. Er war vom Fasten ein bisschen unsicher auf den Beinen.

»Hallo«, sagte der Schrank. »Ich bin Coco, erzähl mir was!«

Sie sahen sich an. Stephan grinste.

»Coco?«, fragte Katrin.

»Ja«, sagte Kamulski. »Eine sprechende Puppe. Wir haben sie in den Schrank gesperrt, weil sie nicht aufhört zu reden. Sie reagiert auf kleinste Erschütterungen. Wenn es dunkel und still ist, schweigt sie. Jeanette hat sie gekauft.«

»Er ist süß«, sagte Jeanette.

»Woher weißt du, dass es ein Er ist«, fragte Katrin.

»Nur so ein Gefühl«, sagte Jeanette.

»Jeanette mag diese Art von Sachen«, sagte Kamulski.

»Ich habe ihn für Jonas gekauft, deinen Sohn«, sagte Jeanette, ein bisschen zu scharf, wie Kamulski fand, wahrscheinlich ein leichter emotionaler Überhang von der Kanzlerdebatte.

»Jeanette und Jonas mögen Coco«, sagte Kamulski, er blinzelte ihr beruhigend zu und öffnete die Schranktür. Zwischen den Tüten stand eine kleine blau-schwarze Figur mit großen Augen, sie sah aus wie eine Eule, aber munterer.

»Und ich mag ihn auch«, sagte Kamulski.

»Orrhh, kitzel mich, spiel mit mir«, sagte Coco, seine Augen klappten auf und zu. Braune Augen, riesige Lider.

Sie sahen alle in den Schrank, Coco wackelte leicht mit den Ohren, er konnte tanzen, erinnerte sich Kamulski.

»Könnt ihr euch vorstellen, dass man ihn wegwirft? Es würde einem vorkommen wie Mord«, sagte Kamulski.

»Ich glaube, jetzt ist der perfekte Zeitpunkt für eine kleine Tüte«, sagte Stephan. Er holte einen fertig gebauten Joint aus der Brusttasche seiner Jeansjacke und grinste. Es war eine Levi's-Jacke, dunkelblau.

»Ist das okay?«, fragte Stephan. Er war 36.

Katrin lächelte verlegen.

»Klaro«, sagte Jeanette, sie stand auf und machte die Schranktür zu.
Kamulski sah sie an, manchmal erkannte er sie nicht wieder. Klaro. Solche Wörter benutzten sie nicht. Er würde später mit ihr darüber reden. Er nickte, er war der Gastgeber, wenn auch drei Jahre jünger als Stephan. Er hatte neulich überlegt, ob er sich eine Jeansjacke kaufte, eine schwarze Cerruti-Jeansjacke, die kaum noch aussah wie eine Jeansjacke, aber er hatte es nicht gemacht. Er hätte einen Espresso anbieten können, das war sein Plan gewesen. Sie hatten eine Espressomaschine, im Kühlschrank war noch Limonencreme, er hatte vor, sie mit Minzblättern aus dem Kräuterkasten zu schmücken.
»Habt ihr einen Aschenbecher?«, fragte Stephan.
»Ja«, sagte Jeanette. Kamulski schüttelte den Kopf.
Sie rauchten seit sechs Jahren nicht mehr. Sie hatten gleich aufgehört, nachdem sie beschlossen hatten, das Kind zu bekommen. Aber Jeanette fand sofort einen Aschenbecher, einen grünen Glasaschenbecher, den die Maler in der Wohnung vergessen hatten, wie sie sagte. In dem schmalen Schrank war er, irgendwo zwischen den Plastetüten, bei diesem Kobold.
»Tanz mit mir, tanz mit mir«, rief Coco. Stephan riss ein Streichholz an.

Sie sehen mich an, als warteten sie auf eine Antwort, aber ich weiß nicht mehr, was die Frage war. Irgendwas mit Krieg oder Kindern. Der Krieg ist ja wohl vorbei. Vergessen. Von hier aus sehen eher Jeanette und Stephan wie ein Paar aus, aber Katrin kann ich mir nicht als meine Frau vorstellen, Katrin sieht aus wie die Putzfrau. Katrin ist Maria, denke ich und bin kurz davor, es auszusprechen, es ist so unglaublich komisch. Noch besser wäre, wenn Stephan der Gärtner wäre. Mein Gärtner. Ich glaub, ich trink noch ein Bier, die Limonencreme ist fast alle. Ich habe die Minzeblätter vergessen.

»Was ist so komisch?«, fragt mich Jeanette, sieht aber Stephan dabei an. Vielleicht hat er eine Antwort darauf, würde mich nicht wundern, er hat auf alles eine Antwort.

»Haben wir wieder über den Krieg geredet?«, frage ich. Diese komische sprechende Puppe steht auf dem Tisch.

»Ich hab dich gefragt, ob du Jonas je ein Geschenk gekauft hast.«

Ich hab ihm mal ein Stoffkrokodil gekauft, denke ich, und einen Handball mit allen Unterschriften des SC Magdeburg. Aber irgendwie habe ich keine Lust, so eine Rechnung aufzumachen, außerdem ist Jonas noch zu klein für den Handball, er wird ihn erst später zu schätzen wissen.

Aus irgendeinem Grund lacht Stephan jetzt. Er zündet den Joint nochmal an, gute Idee. Ich fahre mit dem Finger durch die fast leere Limonencremeschüssel und lecke ihn ab, dann ziehe ich nochmal. Ich tippe die sprechende Puppe an.

»Ohhrr ja, hallo, ich bin Coco, spiel mit mir, spiel mit mir«, sagt sie, die Augen auf- und zuklappend. Wir sehen sie an, bis sie schweigt. Katrins Kopf schwankt.

»Wieso habt ihr euren Sohn eigentlich Jeremias ge-

nannt?«, frage ich, keine Ahnung, warum. Katrin ist blass, sie starrt mich an.
»Weil es so gut zu Jonas passt«, sagt Jeanette und lacht, Stephan lacht, ich auch, obwohl mir nicht ganz klar ist, ob wir aus den gleichen Gründen lachen. Ich lache über Jeremias Kuntze, weil die Kombination so gut zu Stephans überzogenen Erwartungen an sich selbst passt.
»Jeremias Kuntze!«, sage ich. Katrin rennt aus dem Zimmer. Ich kann nicht mehr.
»Jonas Kamulski!«, sagt Stephan und lacht. Ich sehe, wie seine Oberlippe automatisch über die Zähne zuckt wie bei einem Kaninchen.
Das letzte Mal habe ich so gelacht, als wir uns Guildo Horn ansahen, beim Grand Prix d'Eurovision, damals hatte Stephan auch einen Joint mit.
»Jeremias Kuntze klingt wie: Ich bin der Einkaufschef vom Kaufhof Ostbahnhof und sag euch mal zwei Gründe, warum der Kanzler umkippt«, sage ich. Für einen Moment glaube ich, ich pinkel mir in die Hose.
Sie sehen mich ratlos an, und ich höre, wie Katrin würgt. Sie übergibt sich auf dem Gästeklo, was mich beruhigt. Sie hat sich offensichtlich nicht mal die Mühe gemacht, die Tür zu schließen.
»Die Stimme Europas«, sage ich, zeige zum Gästeklo, Tränen laufen mir aus den Augen, Jeanette lacht mit.
Nur Stephan schaut ernst und scheint irgendwas zu überlegen. Er ist ja der Experte, er weiß, es gehört alles zusammen. Der Frieden, die Fußball-WM und der Grand Prix d'Eurovision. Mir fällt ein, wie wir mit den Kindern auf der großen Friedensdemonstration auf dem Alexanderplatz waren, wir haben uns an

den Händen gehalten. Wir sind uns einig, wir sind Freunde.
»Donald Rumsfeld ist für mich wie Guildo Horn«, sage ich. Jetzt hört auch Jeanette auf zu lachen. Stephan steht auf und geht langsam zum Gästeklo, Jeanette springt auf, greift sich Stephans Hand, aber der schüttelt sie ab.
»Es ist ganz logisch, hört zu«, sage ich, aber noch während ich das sage, löst sich der Leim, der meine Gedanken eben noch zusammengehalten hat.
Jeanette sieht mich an. Wenn ich es nicht besser wüsste, würde ich sagen, sie ist wütend. Ich lächle sie an.
Ich bin völlig leer, aber gut gelaunt.

Gegen drei Uhr morgens begann Kamulski sein Zeitgefühl langsam wiederzufinden. Der Geschirrspüler hatte die erste Ladung fertig, er trocknete jetzt. Es war ganz still, Jeanette schlief, Stephan hatte Katrin nach Hause gebracht, sie hatten nicht mehr geredet, keiner mehr. Aber es war keine Spannung zwischen ihnen gewesen, es war eher Erschöpfung, dachte Kamulski. Es war ein langer Brunch. Katrin hatte ihn traurig angesehen, er hatte sie zum Abschied geküsst, ihren säuerlichen Geruch in Kauf genommen. Sie waren Freunde. Er hatte das Buffet abgeräumt, er hatte die grauen Stellen vom Lachs geschnitten, sie in Aluminiumfolie gewickelt und dann nochmal in eine Tüte gesteckt und gleich in die Mülltonne vorm Haus gebracht. Er hatte die großen Schüsseln ausgewaschen, den kleinen Rest von Stephans Joint in eine verschließbare Tüte getan und in das Fach mit den Käse-

schneidern gelegt, in das nie jemand schaute. Er hatte das Gästeklo gewischt, obwohl er keine Spuren von Katrin gesehen hatte.
Die Küche sah jetzt wieder gut aus, die Digitaluhr des elektrischen Backofens leuchtete grün. Es war 3.05 Uhr, alles getan. Kamulski nahm sich ein Bier aus dem Kühlschrank, er hatte immer noch Durst. Er starrte in die grüne Uhr. Ein schönes Grün, kühl und beruhigend. Irgendwann erwachte Coco.
»Hallo, ich bin Coco, streichel mich«, sagte der Kobold.
Kamulski trank einen Schluck Bier, er sah zur Treppe, dann streichelte er den Bauch der Puppe, er war ganz weich, fast wie ein Meerschweinchenbauch.
»Orrrhhh, das ist gut, mach weiter. Weiter.«
Kamulski lachte. Er streichelte Coco den Bauch, sah nochmal zur Treppe, es war absurd.
»Null Problemo!«, rief Coco.
Die Lüftung der Spülmaschine säuselte. Kamulski hörte auf den Bauch zu kraulen. Er sah die Puppe an. Irgendetwas stimmte nicht. Null Problemo war der Lieblingsspruch von Stephan. Kamulski sah Jeanettes Hand auf Stephans Schulter, Katrins traurigen Blick. Der grüne Aschenbecher.
Warum habt ihr ihn Jeremias genannt?
Weil es so gut zu Jonas passt.
Das Uhrwerk der Freunde lief unrund. Sie waren weg, die Küche war wieder ordentlich, aber es gab kein sauberes Ende.
»Erzähl mir was«, sagte Coco.
»Bitte?«, fragte Kamulski.

»Erzähl was. Komm schon, Mulli«, sagte die Puppe.
Kamulski schaute sie an. Mulli hatte ihn seit der Schule niemand mehr genannt.
»Sag mir den Osterspaziergang auf oder die Klassendefinition, die Formel zur Berechnung eines Kreises oder die Telefonnummer, die am häufigsten von eurem Privatanschluss angerufen wird.«
Kamulski starrte die Puppe an.
»Was jetzt?«, fragte Coco, die Augen weit aufgerissen.
Kamulski überlegte, ob er sich den Joint aus dem Fach mit den Käseschneidern holen sollte. Er sah den blauschwarzen Vogel an, sah auf die Uhr ihres Herdes. Er konnte die Zeit nicht erkennen, aber es war sicherlich schon spät. Alle schliefen. Coco wackelte mit dem Kopf.
»Wie fandest du es heute, Mulli?«
»Es war lustig. Ich hab lange nicht mehr so gelacht«, sagte Kamulski leise. Er redete mit einer Puppe.
»Und worüber?«, fragte Coco.
»Keine Ahnung, ich fand irgendwann den Namen Jeremias Kuntze so komisch.«
»Wusstest du, dass Jonas und Jeremias alttestamentarische Propheten waren?«
»Jonas wurde vom Wal geschluckt und wieder ausgespuckt.«
»Oho. Wolltest du Jonas deswegen Jonas nennen?«
»Vielleicht.«
»Mulli, komm, hau mir nicht die Taschen voll. Das hast du im Kleinen Vornamenbuch nachgeschlagen, nachdem Jonas Jonas hieß.«
»Ich wollte ihn Konrad nennen, so sollte ich eigentlich

schon heißen, aber mein Vater konnte sich damals nicht durchsetzen.«

»Da hast du ja 'ne Familientradition fortgesetzt.«

»Ja, Jeanette fand Alliterationen blöd.«

»Sie hat Alliteration gesagt?

»Ich glaub ja.«

»Mulli. Das ist das, was du dir von ihr wünschen würdest. Jeanette weiß nicht mal, was ein zusammengesetztes Substantiv ist. Konrad Kamulski klingt wie Donald Duck, hat sie gesagt.«

»Woher weißt du das?«

»Sie hat mich ausgesucht. Ich bin ihr Geschenk, hast du das vergessen? Alles, was ich bin, bin ich durch sie. Ich kann zum Beispiel ›null Problemo‹ sagen, ›klaro‹ und ›ich hasse Kamulski‹. Als Stephan damals den Namen Jonas vorschlug, leuchtete uns das gleich ein. Ich bin wie sie.«

Kamulski stand auf und ging zum Fach mit den Käseschneidern.

»Wo willst du denn hin, Mulli? Noch einen Joint?«

»Warum nicht. Es ist zwischen drei und vier, ich sitze in meiner Küche und streite mich mit einer Puppe.«

»Es ist alles nur ein Rausch.«

»Genau«, sagte Kamulski und zündete sich den Rest von Stephans Joint an. Er inhalierte tief. Er lief zum Küchentisch zurück, zog nochmal und setzte sich wieder zu Coco.

»Also, was bist du? Wozu hat dich meine Frau gemacht?«

»Ich bin dein Gegenbild.«

»Du bist ein zwanzig Zentimeter hoher Kobold in einem Schrank.«

»Ich war nicht immer im Schrank. Du hast mich in den Schrank gesperrt, weil du mich fürchtest.«
»Wovor sollte ich Angst haben?«
»Bewegung, Risiko, Licht, Meinung, was weiß ich.«
Kamulski zog tief und behielt den Rauch lange in der Lunge. Stephan hatte ihm erklärt, dass man so die größte Wirkung erzielt. Kamulski wäre gern wieder albern gewesen, aber es ging nicht. Der Leim löste sich, und weil alles mit allem zusammenhing, fiel jetzt auch alles auseinander. Jeanette und Stephan, die Propheten Jeremias und Jonas, Katrins trauriger Blick, der grüne Aschenbecher. Sie hatten ihn betrogen, seine Freunde. Vor ein paar Stunden war ein ausgefallener Espresso noch ein Grund zur Sorge gewesen, jetzt kämpfte er mit einer Puppe um sein Leben.
»Weißt du, warum sie dich in der Schule Mulli nannten?«
»Nach der zweiten Silbe in meinem Namen.«
»Sie hätten auch die erste nehmen können. Kammi. Aber sie haben die zweite genommen. Mullimullimullimulli.«
Es war vier Uhr morgens, als Kamulski endlich die Kontrolle verlor.

Ich berühre seine weiße Socke, und Jonas hört auf zu weinen. Er nimmt das Auge vom Boden. Ich krieche langsam unter dem Tisch hervor, stehe auf, es geht mir nicht schlecht. Auf dem Tisch liegt die zerschmetterte Puppe. Es ist ein schöner Tag, vielleicht gehe ich mit dem Jungen allein zur Messe, es ist schon um neun, sehe ich auf der Digitaluhr in unserem Elektroherd,

wir könnten noch zum Hochamt gehen, oder nächste Woche. Das Morgenlicht bricht sich in dem braunen Glasauge, das Jonas mir hinhält. Ich nehme es und drücke es zurück in die leere linke Augenhöhle von Cocos Kopf, der halb getrennt von seinem kurzen Rumpf auf dem Küchentisch liegt. Langsam klappt Cocos rechtes Lid zu und wieder auf, das linke Auge starrt mich an. Er lebt.
»Ohhhrrr«, sagt Coco. »Weiter, weiter. Schön.«
Ich spüre, wie mir Tränen in die Augen steigen. Ich nehme die Puppe vorsichtig auf, schiebe Leib und Kopf zusammen und lege sie in den Schrank zu den Tüten, Gummis und all den anderen Sachen zurück, die man nicht gerne ausstellt. Ich schließe die Tür sorgfältig. Ich streiche Jonas über den Kopf und warte. Nach dreißig Sekunden hört die Puppe auf zu sprechen. Ich lächle Jonas an, er lächelt zurück, ein bisschen gebrochen noch, aber das wird schon. Ich beuge mich nochmal unter den Tisch, hebe die Nudel auf und werfe sie in den Mülleimer, ohne dass es jemand sieht. Sehr gut.
Ich werde Rühreier mit Tomaten zum Frühstück machen. Wir lieben Rühreier mit Tomaten.

Wie betont man Goserow, Annegret?

Die Allee war schmal, die Bäume beugten sich über ihr Auto und färbten die Welt hier drinnen lindgrün. Harmlose Wolken auf einem frischen Himmel. Braune hatte Supertramp eingelegt, die erste CD vom Live-Doppelalbum »Paris«. Es passte wunderbar, dachte er. »Logical song«. Die Blätter flirrten über die Windschutzscheibe seines sechzehn Jahre alten Mercedes Kombi, den sie für den Ausflug ausgesucht hatten. Er hatte ihn gestern Nachmittag gewaschen. Ein alter, aber gewaschener Mercedes Kombi. Das perfekte Auto für diese Reise, unauffällig, aber nicht unterwürfig. Braune mochte die blaue Tönung am oberen Rand der Windschutzscheibe, sie hatte etwas psychedelisches, optimistisches.

When I was young, it seemed, that life was so wonderful
a miracle, oh it was beautiful, magical
and all the birds in the trees, well, they'd be singing so happily
joyfully, playfully, watching me

Carsten Braune sah zu Annegret herüber, sie blätterte im Stapel mit den Exposés auf ihren Knien. Sie würden sich drei Häuser ansehen, das beste zuerst. Er sah das Foto von dem Hof, die große Eiche, davor eine alte Bank. Sie strich das Blatt glatt, wahrscheinlich verhandelte sie bereits. Er wollte sie gern bei sich haben, in seiner Stimmung, beautiful, magical, wonderful. Er vergaß den Rest des Liedes.

Es war ein Tag zum Motorradfahren, hatte er gedacht, als sie heute Morgen über den schlafenden Kollwitzplatz zu ihrem Auto liefen. Sie waren nie zusammen Motorrad gefahren, er hatte spät damit angefangen und früh aufgehört. Er hatte seine Maschine vor zehn Jahren verkauft, sie kannten sich seit vier Jahren, seit vier Wochen suchten sie ein Landhaus. Er wusste nicht genau, ob er ein Landhaus wollte. Manchmal, wenn er in den staubigen, verrumpelten Kellern stand, zwischen all den Gläsern mit eingeweckten Früchten, die nicht aussahen, als könnte man sie essen, fühlte er sich überfordert. Er war kein Handwerker, doch das Suchen gefiel ihm. Es gab noch Spielraum, ihr Leben schien in eine unerwartete Richtung dehnbar. Braune hatte sich nie für Brandenburg interessiert, die Leute waren schlecht angezogen und beschwerten sich in den Lokalnachrichten über alles. Ihr Land aber hatte ihn angenehm überrascht.

»Sind wir richtig?«, fragte Annegret. Sie sah auf die Uhr.

»Wir haben noch Zeit«, sagte Braune.

»Vielleicht hätten wir doch bis nach Wittstock weiterfahren sollen«, sagte sie. Sie betonte den Ort auf der ersten Silbe, er hätte ihn auf der zweiten betont. Sie wühlte in der Brandenburgkarte.

»Ja vielleicht. Aber so haben wir mehr Landstraße und sehen mehr.«

Braune spürte das Verlangen, ihr die Karte zu entreißen, ihr zu zeigen, was er meinte.

»Landstraße«, sagte sie.

Er sah sie nicht an, aber er wusste, dass sie ihre Augenbraue hochzog. Die linke Augenbraue. Er hatte früher an ihr bewundert, wie sie ihre Augenbraue bewegen konnte, aber sie hatte sie zu oft eingesetzt in ihren vier Jahren und zu oft gegen ihn.

»Ja«, sagte er.

Tell me who I am.

Sie drehte die Lautstärke ein bisschen herunter, als würde sie ihn wegschubsen, und sah dann aus dem Fenster.

»Wie betont man nochmal dieses Goserow, Annegret?«, fragte er, kurz bevor der »Logical song« vorbei war. Er griff nach dem letzten Zipfel der zartgrünen Stimmung.

»Wie Große-Samstagabend-Show. Langes O. Auf keinen Fall wie Gorbatschow. Sonst kriegen wir das Haus nie.«

Er lächelte und drehte die Lautstärke wieder ein kleines bisschen hoch. Man hörte das Publikum in Paris schreien. Große Samstagabend-Show.

»Woher weißt du das alles?«

»Was?«

»Wie man die Orte betont? Wittstock. Ich würde Wittstock hinten betonen, auf Stock.«

»Weil du dich nicht vorbereitest.«

»Immerhin stelle ich das Auto. Es ist das perfekte Auto, und ich bin der Fahrer.«

»Ja. Erinnerst du dich an Altenhof?«, fragte sie.
»Das Bootshaus an diesem riesigen See?«
»Werbellinsee, genau. Altenhof betonen die Einheimischen auf der letzten Silbe. Altenberg und Altenburg zum Beispiel betont man auf ›Alten‹. Es gibt keine Regel, aber es ist den Leuten wichtig. Sie wollen nicht, dass man kommt und alles verändert.«
»Wir haben das Bootshaus nicht bekommen.«
»Aber es lag nicht an der Betonung.«
»Goserow«, sagte er. »Goohhhserow. Ohhhooohw.«
Er kam sich vor wie der sprechende Hund von Loriot.
Annegret sah wieder in die Akten.
Take a look at my girlfriend
She's the only one I got
Not much of a girlfriend
Never seem to get a lot
Es war das erste Mal in seinem Leben, dass er auf Supertramp-Texte achtete. Sie sangen über ihn. »Breakfast in America« handelte von Carsten Braune. Manchmal schien sich das ganze Leben auf ihn zu beziehen. Er hatte manchmal den Eindruck, die Leute von der Bild-Zeitung dachten an ihn, wenn sie ihre »in und out«-Liste aufstellten. Er richtete sich danach.
»Gibt es einen Makler?«, fragte Braune, obwohl es ihm völlig egal war.
»Ich glaub nicht. Der Mann, mit dem ich gesprochen hab, klang eher wie ein Bauer«, sagte Annegret.
»Gut«, sagte er, um irgendwie im Spiel zu bleiben.
»Vielleicht.«
Sie rieb wieder auf dem Deckblatt der Exposés rum.

Braune hatte es quer gelesen. Ein Vierseitenhof, 20 000 Quadratmeter Land, ein kleiner See, ein Waldstück, *200 000 Mark auf Verhandlungsbasis.* Braune wollte gern noch ein bisschen weiterreden, so ein leichtes Plaudern gegen den Rest der Welt.
»Weißt du, wo die Leute hinziehen?«
»Was?«
»Die Leute, diese Graubmanns, wo ziehen die dann hin?«
»Graupner, Carsten, bitte, das ist wichtig. Sie heißen Graupner. Walter und Helga Graupner. Die Graupners. Das sind die basics. Sie müssen den Eindruck haben, dass wir sie ernst nehmen.«
»Okay, okay. Also wo ziehen sie hin? Die Graupners.«
»Sie haben eine schöne Wohnung in Neuruppin angeboten bekommen, soweit ich weiß. Neubau.«
»Schön?«
Sie sah wieder auf das Exposé.
»Hör zu, wir können diese Diskussion jetzt führen, wenn du willst, oder wir lassen es gleich. Wir wissen beide nicht, was Walter Graupner und seine Frau als schön empfinden. Die Wohnung ist altersgerecht, es gibt einen Fahrstuhl und einen Balkon, hat mir Frau Graupner am Telefon erzählt.«
Sie sah aus dem Fenster, Braune wunderte sich, wie selbstverständlich sie mit dem Vornamen von Herrn Graupner umging. Walter. Klang wie ein alter Bekannter. Onkel Walter.
Basics.
»Sind wir nun Ostler oder Westler? Das sollten wir noch klären«, sagte er. »Ich meine, Annegret, das ist

den Besitzern vielleicht noch wichtiger als die Betonung ihres Ortsnamens.«

Sie schwieg.

Braune fragte sich, ob sie ihn in ihren Träumen vom Landleben sah, ob er wirklich vorkam, ob er mit auf der Bank saß, wenn sie an das nächste Frühjahr dachte. Würden sie zusammen alt werden? Er hatte keine Ahnung. Er konnte sich Annegret nicht schwanger vorstellen, er konnte sich in diesem Moment nicht einmal vorstellen, dass sie nochmal zusammen schliefen. Wie sollte diese Frau die Kontrolle abgeben, ihn gewähren lassen. Sie saß neben ihm wie seine Anwältin, ihre Lippen waren schmal, ihre Knie unter den Exposés zusammengepresst. Er spürte, wie er verkrampfte, der Tag verlor seine Wirkung. Supertramp klang nach den verschwitzen 70er Jahren mit all ihren Pickeln und Nylonhemden. Die Band erinnerte ihn nur noch daran, dass er alt wurde.

»Ich will das Haus. Das mag ein bisschen hart klingen, aber es ist nicht zynisch«, sagte sie.

Zehn Kilometer vor Goserow blinkte das Warnkreuz an einem Bahnübergang, und eine kleine Schranke schloss sich. Braune stellte den Motor ab, es war still. Zwei Mädchen mit schwarz geschminkten Augen und gelb gefärbten Haaren schoben ihre Fahrräder noch an der Bahnschranke vorbei. Zwei verschlafene Dorfbräute überholten sie. Annegret sah auf die Karte, vermutlich dachte sie daran, dass es besser gewesen wäre, bis Wittstock zu fahren, sagte aber nichts. Irgendwann kam ein kastenförmiger roter Waggon angerumpelt, er schien leer zu sein.

Braune sah in den psychedelischen Sonnenschutzstreifen seiner Windschutzscheibe.
A fantasy will come to me
Diamonds are what I really need
Think I'll rob a store, escape the law
And live in Italy
»Wo liegen eigentlich Altenburg und Altenberg?«, fragte er.
»In Sachsen, warum.«
»Nur so.«
Als die Schranke wieder hochging, war die CD zu Ende.

Walter Graupner faltete die Zeitung zusammen, nahm die große, eckige Lesebrille ab, klappte die Bügel ein, steckte sie in die Brusttasche seines Hemdes und sagte: So.
Graupner erhob sich von seinem Küchensessel, trug die Zeitung zum Herd und legte sie auf den Papierstapel neben den Metallkasten mit den Holzscheiten. In diesem Moment war Helga Graupner mit dem Abtrocknen fertig. Sie hängte das Geschirrhandtuch auf, strich sich die Schürze glatt und holte ihren Mann auf der Schwelle der Küchentür ein, die bereits zuklappte. Ohne Eile schlüpfte sie durch die schmaler werdende Öffnung. Die Graupners traten gemeinsam vor ihr Haus. Walter Graupner spürte die Sonne auf der Haut, er stieg die drei Stufen der kleinen Treppe aus dem Haupthaus herunter in den Hof, ging noch drei Schritte, sah die Scheune, den Stall und überlegte, wohin er eigentlich gehen wollte. Es fiel ihm nicht mehr ein. Er griff nach der Hand seiner Frau, die schob sich in seine,

ganz automatisch, und es schien, als habe er nun allen Grund, hier zu stehen, in der Mitte seines Hofes.

»Jaja«, sagte seine Frau.

Graupner nickte.

Er sah auf den wackligen Riegel der Stalltür und überlegte wieder, ob er ihn noch reparieren sollte, bevor sie den Hof übergaben. Eigentlich musste das nicht mehr sein, aber er fürchtete, dass er später daran denken würde. Er wachte morgens auf, immer früher, und dachte an solche Dinge, unerledigte Dinge. Dinge, die nicht mehr zu ändern waren. Es machte ihn kribbelig, so als könne man im Bus die Beine nicht ausstrecken. Er hasste das. Aus irgendeinem Grund musste er einen ganz bestimmten Backstein neben der Tür berühren, bevor er das Haus betrat. Seit vierzig Jahren machte er das, ein Stein mit einer kleinen schwarzen Kerbe, die aussah wie ein stehender Reiher.

Er streichelte die Hand seiner Frau mit seinem Zeigefinger. Sie standen noch einen Moment so, dann ließ er die Hand los und ging auf das Hoftor zu, wo die Leute aus der Stadt ankommen würden. Wahrscheinlich hatte er dorthin gewollt, als er den Hof betrat. Sicher war er aber nicht.

»Noch zwei Minuten«, sagte Annegret und legte den Arm mit ihrer Armbanduhr wieder auf den Exposéstapel auf ihren zusammengepressten Knien.

Sie standen 500 Meter vor Goserow, sie warteten seit fünf Minuten am Straßenrand, in einer kleinen, kiesigen Ausbuchtung. Der Motor war abgeschaltet, der CD-Player auch.

»Welchen Unterschied machen zwei Minuten?«, fragte Braune.
»Wenn wir in zwei Minuten losfahren, sind wir zwei Minuten zu früh da, ich glaube, das ist der perfekte Zeitpunkt. Wir überraschen die Graupners nicht, und wir lassen sie nicht warten. Wenn du pünktlich kommst, haben die Leute den Eindruck, sie warten bereits, kommst du zehn Minuten zu früh, fühlen sie sich bedrängt.«
»Woher weißt du das?«
»Nur so ein Gefühl.«
»Du solltest einen Ratgeber schreiben, alle suchen jetzt Häuser.«
Sie sah auf die Uhr. Anderthalb Minuten schwiegen sie, dann sagte sie: »Jetzt.«

»Da«, sagte Walter Graupner und griff wieder nach der Hand seiner Frau.
»Ja«, sagte sie.
Ein silbriger Mercedes Kombi rollte auf das Haus zu.
Graupner dachte an den Kombi, der vor ihrem Haus gestanden hatte, als sie hier ankamen, 1946. Es war ein BMW aus dem Eisenacher Werk, ein EMW, auch ein Kombi, eine lange, elegante Schnauze, und der hintere Teil war aus Holz gewesen. Das Auto seines Onkels. Sein Onkel war verschwunden und kam nie wieder. Graupner hatte sich damals vorgestellt, wie er auf dem Dachboden hing. Er kannte ja die alten Fotos von Onkel Georg, und manchmal erschien er ihm im Traum, baumelnd.
Walter Graupner war damals fünfzehn, als sie aus Kol-

berg kamen, er hatte gehofft, dass sie das Auto behalten könnten, aber die Russen hatten es mitgenommen. Später hatte es der Neuruppiner Bürgermeister gefahren, aber da konnte er sich auch irren. Vielleicht hatte der Bürgermeister einen anderen EMW gehabt, es schob sich alles zusammen, übereinander, es war so lange her. Zweimal hatte er versucht, mit seinem Vater über Onkel Georg zu reden, zweimal war sein Vater ausgewichen. Komischerweise hatte es auch nie Gerüchte gegeben, vielleicht stand ihr Hof zu weit abseits. Sein Vater hatte das Geheimnis mit ins Grab genommen, wenn er es überhaupt kannte. Onkel Georg hatte keine Familie gehabt, nur den Hof. Walter Graupner hatte ihn als kleiner Junge im Sommer besucht, aber jede Erinnerung verloren.

Über fünfzig Jahre war das her, fast sechzig.

Er dachte an Kolberg, wo er aufgewachsen war, das Meer. Er hatte es lange vermisst. Seine Eltern waren hier gestorben, die Mutter im Neuruppiner Kreiskrankenhaus, Vater in seinem Bett, 1969 und 1971. Ingrid war nach Berlin gezogen, zwei Kinder, geschieden, Werner, ihr Mann, war ein Taugenichts gewesen, ein Schwätzer. Ingrid wusste sicher auch nichts über Onkel Georg. Wann hatte er sie zum letzen Mal gesehen? Vor zwei Jahren? Seine eigene Schwester. Er hatte sie vor zwanzig Jahren ausgezahlt. 10 000 Mark, Ostmark. Jetzt bekamen sie 200 000 West dafür. Es war ungerecht, aber so war das Leben.

Das Auto hielt an, links stieg der Mann aus, rechts die Frau. Sie hatte Hosen an, helle Hosen. Sie war dünn.

Graupner hatte jetzt ein schlechtes Gewissen wegen seiner Schwester. Er hätte nicht an sie denken dürfen, er würde sie nicht mehr aus dem Kopf kriegen wie den kaputten Stallriegel. Sie saß fest. Ingrid, Ingrid, Ingrid. 10 000 Mark waren damals viel Geld gewesen, sagte er sich. Er hatte das Haus in Ordnung halten müssen. Er hatte sich um Vater gekümmert in den letzten zwei Jahren, nachdem Mutter tot war. Ingrid war ja in Berlin, studieren. Er streichelte die Hand seiner Frau, sie lächelte. Er dachte an seine Eltern auf dem Goserower Friedhof. Er wusste nicht, ob er sich da beerdigen lassen sollte, nach Kolberg konnte er sicher nicht, das war jetzt Polen, Kolobrzeg, unaussprechlicher Name. Außerdem: Was sollte Helga in Kolobrzeg, sie war von hier. Seine Eltern lagen in der Brandenburgischen Erde, wahrscheinlich gehörte er hierher.
Er sah den jungen Leuten entgegen, die sein Haus kaufen wollten. Vielleicht war die Wohnung in Neuruppin die Rettung. Drei ordentliche, weiß gestrichene Zimmer ohne Geheimnisse.
»Am Karfreitag«, sagte seine Frau.
Graupner sah sie an. Was meinte sie damit, am Karfreitag? Was sollte das bedeuten?
»Was?«, fragte er.
»Am Karfreitag«, sagte sie, als würde sie sich über die Störung beschweren. Andererseits lächelte sie den jungen Leuten zu.

Das Haus war schöner als auf dem Foto. Es war lang und flach und hatte acht Fenster nach vorn. Es gab eine hohe Scheune sowie zwei Ställe. Auf einem drehte sich

träge ein alter Wetterhahn. Der Hof lag fünfzig Meter hinterm Dorfrand. Direkt an einem Waldstück, in dem ein Pfad verschwand, der zu einem Badesee führte, den sie aus der Lageskizze kannten.
Die alten Leute standen in der Mitte des Hofes, als gehörten sie dazu, zum Vierseitenhofpaket. Braune dachte, dass sie sicher keine Kinder hatten. Sonst wären die Kinder hier gewesen, zum Verhandeln.
»Graupner. Walter und Helga«, flüsterte Annegret.
Sie trug beige Leinenhosen, eng an den Waden und eine bisschen zu kurz, wie er fand, weiße Segelschuhe, eine weiße Leinenbluse und einen blauen Pullover über den Schultern. Er hatte Jeans an, ein Hemd, das über der Hose hing, und schwarze, halbhohe Stoffschuhe von Dolce & Gabbana, denen man nicht ansah, dass sie 419 Mark gekostet hatten. Braune fand, dass er besser in die Landschaft passte als Annegret.
»Gohhserohhh«, sagte er leise.
Annegret lächelte, aber nicht frei und nicht über ihn. Sie war aufgeregt. Sie wollte den Hof. Braune sah auf den Weg, der mit roten Steinen gepflastert war, zwischen den Steinen wucherte Unkraut. Es war Ostern. Er wäre lieber irgendwo in eine Landgaststätte gegangen und hätte ein spätes Frühstück bestellt oder ein frühes Mittagessen. Zander vielleicht am Karfreitag. Er war kein Mann für einen Hof. Aber er lief mit Annegret auf das alte Paar zu.
»Hallo, guten Tag«, rief Annegret mit einer hellen Stimme. »Ich bin Annegret Morthen, wir haben telefoniert. Das ist mein Lebensgefährte Carsten.«
»Braune«, sagte Braune, einen Augenblick überlegte er,

ob er sie Graubmanns nennen sollte, aber wozu.
»Sie müssen die Graupners sein«, sagte er und streckte seine Hand in Richtung Helga Graupner aus.
»Ja«, sagte Walter Graupner und griff erst Annegrets Hand, dann Braunes, dann streckte auch Helga Graupner endlich ihre Hand aus, sie stießen zusammen, Annegret lachte laut. Sie hatte ihre Papiere im Auto gelassen, aber sie sah sich um, als baute sie gerade eine Sauna in die Scheune ein.
»Schön«, sagte Braune.
»Wunderschön«, sagte Annegret.
Sie standen in der Mitte des Hofes, die Sonne schien. Keiner sagte etwas, der alte Mann schien nachzudenken. Braune überlegte, ob sie auf dem falschen Hof waren. Da stand die große Eiche, aber Eichen gab es überall. Er sah Annegret an. Die lächelte still, sie würde nicht das erste Wort sagen, nicht drängen. Das gehörte nicht zu ihrem Plan.
»Wollen Sie sich ein bisschen umsehen?«, fragte Frau Graupner schließlich. Sie trug einen Kittel wie die Verkäuferinnen aus den Ostfilmen.
»Sehr gern«, sagte Annegret, Braune nickte nur.
Frau Graupner nahm ihren Mann bei der Hand, sie gingen zuerst in das Haupthaus. Bestimmt dachten sie, ihre Wohnung sei ihnen am wichtigsten. Gleich hinterm Eingang war die Küche, es roch feucht und auch nach Katzen. Braune sah neben dem Herd drei Schälchen mit Futter, das bereits eine Kruste gebildet hatte. Es gab nur ein Spülbecken aus Emaille, neben dem Becken hing ein kleiner Spiegel und ein Plastikbord, auf dem eine halb ausgedrückte Rasiercremetube, ein Pin-

sel und ein Nassrasierer lagen. Offenbar rasierte sich Graupner in der Küche.
»Die Küche«, sagte Helga Graupner.
»Schön«, sagte Annegret.
Dann gingen sie nach rechts in ein kleines Wohnzimmer, es stand eine eckige Couch drin, mit braunen Kunstlederbezügen auf den Armlehnen, ein alter Fernseher, es gab ein Regal mit Glassachen und ein paar Büchern. In der Ecke stand ein brauner Kachelofen, der auch das Zimmer dahinter beheizte, in dem ein Tisch stand, sechs Stühle und eine Anrichte. Auf dem Tisch stand eine Schale mit Keksen, Mürbegebäck mit einem Marmeladentupfer in der Mitte. Hinter diesem Zimmer gab es einen langen schmalen Gang, der zu kleineren Zimmern führte, einer Art Vorratskammer, einer Diele, von der die Treppe auf den Dachboden abging und zum Schlafzimmer. Die Vorhänge waren zugezogen, die Federbetten sahen aus wie Eisberge, auf den Nachttischen standen Dosen und Fläschchen mit Medizin, keine Bücher. In so einem Zimmer stirbt man, dachte Braune. Man schlief glücklich ein, wie es hieß. Die Matratzen waren sicher weich. Im Bad gab es eine eingemauerte Wanne und ein Klo, über dem ein winziges Fenster war. Es gab einen Bahnheizkörper und einen Holzhocker, auf dem ein kleines Kofferradio und ein Aschenbecher standen. Auf dem Wannenrand lag ein schmales Stück Seife, ein Scheuerstein und ein Waschlappen.
Sie standen in der Toilette der Graupners wie in einem Museum.
»Das Bad«, sagte Helga Graupner.

»Ja«, sagte Annegret.
Braune hatte das Gefühl, hier eingebrochen zu sein. Das gehörte sich alles nicht. Er wollte raus, ein bisschen durch den Wald spazieren, dann weiterfahren zu den anderen Häusern und auf dem Weg bei einem Landgasthof halten. Irgendein Essen mit Kartoffeln und ein Bier dazu oder wenigstens ein Radler. Er würde mit Annegret über die Graupners reden, ihr verrumpeltes, muffiges Haus. Er würde ihr sagen, dass er lieber in einem Krankenhaus sterben würde als in so einem Schlafzimmer. Sie würden merken, wie fremd ihnen diese Welt war, wie ähnlich sie sich waren, und abends in Berlin würden sie sich in ihrem gesunden, sauberen Bett auf festen Matratzen und unter leichten Sommerdecken lieben, weit weg von alldem.
»Wollen Sie auch den Boden sehen?«, fragte Walter Graupner.
»Sehr gern«, sagte Annegret.

Vier Sonnenbündel fielen durch die kleinen, schindelförmigen Dachfenster, auf den Bodenbalken lagen tote Wespen.
Hier hat sich mein Onkel Georg erhängt.
Er hätte es gern gesagt, es gehörte zu diesem Haus. Aber Helgas kleine raue Hand schob sich in seine, sie drückte leicht, als schaltete sie ihn aus. So schwieg er, sah den jungen Leuten zu, die vorsichtig über den Boden gingen wie über Eis. Walter Graupner war lange nicht mehr hier oben gewesen. Sie hatten den Boden nie richtig aufgeräumt, gut möglich, dass in den Kisten noch Dinge waren, die er nie gesehen hatte. Er lächelte.

Die junge Frau schaute durch das kleine, verstaubte Giebelfenster in den Hof. Eine Spinnwebe klebte an dem blauen Pullover, dessen Ärmel sie sich um den Hals gebunden hatte. Ihr Mann stand unschlüssig in der Mitte des Dachbodens und klopfte an einen Deckenbalken.

Als sie in der Scheune standen, verlor Annegret die Kontrolle. Sie seufzte, als sie die Decke sah, die acht Meter über ihnen schwebte. Die Scheune war leer bis auf einen alten Traktor, man bekam zum ersten Mal einen Eindruck, wie viel Platz hier war. Annegret entrümpelte in Gedanken das Haus, riss Wände raus, legte Balken frei, vertrieb die Erinnerung an die Graupners.
»Schöner Traktor«, sagte sie.
»Er fährt nicht mehr«, sagte Graupner.
»Schade«, sagte Annegret.
Sie liefen durch den Wald zum See, sie standen auf dem Steg in absoluter Ruhe, nur der Alte ruckelte an einem Balken herum, der ein bisschen lose war. Als sie zurück ans Ufer liefen, fuhr Annegret mit der Hand durch das Schilf wie über die Saiten einer Harfe. Ihr lief das Wasser im Mund zusammen, dachte Braune. Als sie mit Frau Graupner auf der Bank unter der Eiche saß, vibrierte sie. Sie würde mit ihm schlafen heute Nacht, und sie würde an das Haus denken.
Braune stand mit Graupner in der Mitte des Hofes und rauchte eine Zigarette, die der Alte ihm angeboten hatte. Eine F6. Braune hustete, er rauchte eigentlich nur selten, auf Partys und dann auch nur ultraleichte Zigaretten.

»Wo wohnt ihr eigentlich?«, fragte der Alte.
»Prenzlauer Berg«, sagte Braune.
»Ostberlin.«
»Ach. Wir sind da nur hingezogen«, sagte Braune.
Graupner nickte.
»Es ist ein altes Haus«, sagte er.
Es war, als würden sie die Idee zerreden, die die Frauen auf der Bank besprachen.

Graupner stand mit seiner Frau am Hoftor und sah dem Mercedes Kombi hinterher, bis er ganz verschwunden war.
»Schöner Wagen«, sagte er.
»Wir kaufen einen besseren, Walter. 220 000 Mark wollen sie zahlen. 220 000«, sagte sie.
»Ne Viertelmillion«, sagte er.
Dann gingen sie langsam über den Hof zurück zum Haus. Graupner berührte den Stein neben dem Türrahmen, wie immer, bevor er ins Haus ging. Seine Frau sah das nicht. Sie blieb auf der Veranda stehen, die Anngret Morthen bereits weggerissen hatte, nahm das »Zu Verkaufen«-Schild aus dem Fenster und folgte ihrem Mann. Sie hüpfte leicht, um den kleinen Abstand aufzuholen, es sah aus, als würde sie tanzen.
Er brauchte den Platz, dachte Graupner. In der kleinen Neuruppiner Wohnung würden sie zusammengesperrt sein wie zwei fremde Tiere. Jeden Morgen würde er aufwachen und an Plätze denken, an die er nicht mehr zurückkonnte, an Dinge, die nicht mehr zu ändern waren.
»Ich brauch kein neues Auto«, sagt er, als sie die Diele betraten. Er würde seine Schwester nicht betrügen. Er

stieg die Treppe zum Dachboden hinauf. Ihm war, als konnte er nach einer lange Busfahrt endlich die Beine ausstrecken.
Seine Frau sah ihm nach, hörte ihn rumpeln, Kisten rücken. Sie hielt das Schild in der Hand.

Think I'll rob a store, escape the law and live in Italy, dachte Braune. Auch keine schlechte Idee.
Er fuhr weiter nach Osten, in Richtung Havelland, wo das nächste Haus stand. Es war jetzt nur noch ein Osterausflug. Er sah Annegret an, sie lächelte, sie hatte sich bereits entschieden. Ihre Kieferlinie war kurz, aber gerade. Wenn sie ein Tier wäre, wäre sie eine Raubkatze, dachte er. Eine Gepardin.
»Mach doch ein bisschen von deiner Musik an«, sagte sie.
Dann berührte sie ihn leicht an der Hand, wie man ein Möbelstück berührt, das man mag.
Sie würde ihn behalten, dachte er.